の帝王

愁堂れな

幻冬舎ルチル文庫

CONTENTS ✦目次✦

✦カバーデザイン＝chiaki-k（コガモデザイン）
✦ブックデザイン＝まるか工房

イラスト・石田 要✦

ロマンスの帝王

1

「次はシークにしようと思うの。おたくでは随分、書いていないでしょう？」

「ああ、そうですね、確かに」

愛姫沙央梨《あいきさおり》先生、本人のリクエストでこの、毎年必ずミシュランの星がつくという高級フレンチレストランの個室を予約したというのに、彼女は食事には殆《ほとん》ど手をつけず、しかも始終不機嫌そうである。

人気作家って本当に扱いづらいよな、と僕は心の中で溜《た》め息《いき》をつきつつも、そんなことを考えているとはおくびにも出さず、笑顔で頷《うなず》いてみせた。

「是非、拝読したいです。先生のシークもの」

何がシークだ。どこを舞台にしようが、話はいつも一緒じゃないか。気の強いヒロインが荒々しい野性味溢《あふ》れる男の魅力に反発しながらも惹《ひ》かれていく。まさに王道ラブストーリー以外、書いたことないだろうに。

その『野性味溢れる男』も毎度、ワンパターンだ。色黒、長身、イケメン、そしてセックスアピールが強い。今回シークだそうだが、多分、髭《ひげ》はないに違いない。だいたいアラブの王族で髭がない男はいないだろう。髭は男らしさの象徴だそうだから。なのに『読者受けがあまりよくない』という理由で、彼女の小説の中の男はたいてい髭ナシで、リアリティの欠片《かけら》もない。

リアリティの追究は必要ない。必要なのはただ、『理想的な恋愛』のみ、という、弊社でいうところの『ロマンス小説』の編集部に配属されて間もなく一年が経《た》つ。

超難関と評判の大手出版社に就職が決まったとき、きっと僕は一生分の運を使い果たしてしまったのだ。ハードボイルドやミステリー小説を担当したいという希望を出していたにもかかわらず、配属されたのは小説は小説でも女性向けの恋愛小説『ロマンスノベルズ』の編集部だった。

小説を希望していてもコミック誌の担当になることもある。漫画ならまだしも、個人的にはまったく興味のないファッション誌やスポーツ雑誌に配属になる可能性もあったのだから、ジャンルは違えど小説の編集部に配属されたのはラッキーだ、と同僚たちからはよく言われる。その上『ロマンスノベルズ』の売上げは会社の中でもトップクラスで、賞与面でも恵まれているではないか、と羨《うらや》ましがられることも多かった。

しかも僕はロマンスノベルズの中でも超がつくほど売れっ子の愛姫先生の担当を任されていた。これはタナボタとしかいいようのない人事で、僕に仕事を教えてくれていた先輩編集が産休に入った、その代理というだけのことだった。

愛姫先生は締め切りも守るし、売上げは安定しているし、しかも会社的にはＶＩＰ待遇なので、新作に入るたびに実施される『打ち合わせ』も原稿が上梓《じょうし》されたときの恒例である『お疲れ様会』も、一人三万はくだらない高級店で行われる、という、これもまた皆に羨ましがられるポジションである。

しかし――しかし、僕自身はまったく現状に満足していなかった。今まで、仕事にやり甲斐《がい》を感じたこともなければ楽しいと思ったこともない。

僕は一体いつまでこの編集部にいなければならないんだろう。溜め息を漏らしそうになり、はっと我に返る。

超ＶＩＰ待遇の先生の前でぼんやりなどしていられない。そうだ、そろそろデザートを運んでもらおうか。それともまだ飲み足りないだろうか。チーズを頼んで、新たなワインを追加したほうがいいか。それを聞こうとしたそのとき、愛姫先生が思いもかけない問いをしかけてきた。

「ねえ、白石《しらいし》さん、おたくで私が最後にシークもの書いたのっていつだったかしら？」

「え？　ええと、随分と久々ですよね」

いきなりの問いかけに頭が一瞬真っ白になった。一応、先生の全作品のタイトルくらいは頭に入っているつもりだった。が、シークものがどれ、というところまでは把握していない。

適当言って誤魔化すか、それとも今、スマホで検索したほうがいいのか。咄嗟《とっさ》の判断がつかず、一瞬の沈黙が流れる。

「思い出せないくらい、前ってことよね」

と、ここで意外にも先生が救いの手を差し伸べてくれた。

「……久々のシーク、楽しみにしています」

やれやれ、と心の中で溜め息をつきながら先生に向かい、深く頭を下げる。

「『ロマンスの王子様』にそう言われちゃあね」

揶揄《やゆ》していることがありありとわかる愛姫先生の口調に、カチンときたものの、僕のようなペーペーが口答えなどできるはずもない。

誰が言い出したのか。ロマンス小説の編集部に配属された当初僕は周囲から『ロマンスの王子様』という、あまり――どころか心の底からありがたくない称号を与えられた。

そもそも編集長が『ロマンスの帝王』と呼ばれていたことから、若い僕は『王子』か、という誰かの馬鹿話が発端になった呼び名だが、不愉快なこと極まりない。

だがさすがに愛姫先生に対して不愉快な顔などできようはずもなく、ただ愛想笑いを返したあとに、チーズでも頼みましょうかと勧めてみたが、いらない、という答えが返ってきたため、そのままメニューはデザートへと進み、間もなく打ち合わせはお開きとなった。

先生のために待機させていたハイヤーまで見送る。

「どうもありがとうございました」

後部シートに乗ろうとする先生に深く頭を下げる。と、先生は足を止め、

「黒川《くろかわ》さんによろしく」

という一言を残し、運転手が開いていたドアから車に乗り込んだ。

ハイヤーが発進するのを見送っていた僕に先生は笑顔を向け、手を振った。そのあと店に戻り、会計をすませると二人だというのに八万超で、本当にもったいないことだ、と僕は思わず溜め息を漏らした。

コースを頼んではみたものの、先生が食べないものを、彼女を接待する側の僕がばくばく食べるわけにもいかず、手つかずのまま下げてもらった皿々が頭に蘇《よみがえ》る。

ああ、勿体《もったい》なかった。美味《おい》しそうだったのに。おかげで空腹を覚えていた僕は、このあと自宅近所のラーメン屋にでも寄ろうかなと考えていた。

伝票を回せばめざとく見つけた先輩たちから、また『羨ましい』だの『売れっ子作家についた編集の特権だな』だの揶揄されたりやっかまれたりすることだろう。現実はまるで違うというのに、とまたも溜め息を漏らしそうになった唇を引き結び、堪《こら》える。

最近の僕は、こうして溜め息ばかりをついている。まだ二年目になったばかりの身ではおこがましいかと思っていたが、次の上司との面談の際には、自分の希望を伝えてみようか。それで睨《にら》まれることになったとしても、この、やり甲斐のない毎日が継続していくよりは随分とマシなんじゃないかと思う。

そうしよう。一人心に決めつつも、この決意は面談間近になるときっと、上司の顔色を見た結果薄らいでしまうんだろうなという諦《あきら》めをも同時に抱《いだ》いていた。

翌日、出社しメールをチェックすると愛姫先生からは、昨夜のお礼と共に早くも新作のプロットが届いていた。

ざっと見た感じ、いつもと同じパターンだったし、ストーリー上の齟齬《そご》も特になかったのですぐさま『こちらでOKです。楽しみにしています』と返信をした。

愛姫先生からは以前より、プロットの返事は早ければ早いほうがありがたいと言われていたし、編集長が多忙でチェックをしてもらうといつになるかわからない、という理由から、前担当は自己判断で先生にはプロットの返事をし、編集長には事後報告としていた。

「先生に気持ちよく書いてもらうのが一番なの。編集長もそこはよくわかっているから、まず返事を待たせないこと。あとは書きたいものを書いてもらうこと。内容に余程《よほど》問題があれば別だけど、まずは大丈夫だと思うわ」

先輩編集の引き継ぎどおり、即返事をしたあとに、編集長にプロットを転送する。その際、そういえば昨日伝言を預かっていたのだった、と思い出し、一文添えることにした。

『愛姫先生から、「編集長によろしく」という伝言がありました』

その後は雑事に忙殺され、ばたばたとして過ごしたのだが、間もなく終業時間というときになり、帰社した黒川編集長がいきなり席にやってきて、

「ちょっと来い」

と僕を会議室へと連れていった。

「あの……なんでしょう」

たいした用事でなければ、席で告げられただろう。部屋に呼ばれる、イコール叱責《しっせき》とわかっていただけに僕は身構え、編集長を——世間的には『ロマンスの帝王』と言われている黒川因《ゆかり》編集長を見やる。

黒川は確か今年三十五歳になったばかりだが、赤字続きのロマンスノベルズを、超優良コンテンツに改善したという手腕から、早くも役員候補だと社内では言われていた。

だがそれだけで『帝王』と言われているわけではない。彼の容姿がまさに『ロマンスの帝王』と言われるに相応《ふさわ》しい、秀でたものだというのが一番の理由である。

身長は百八十センチ以上、逞《たくま》しい胸板、長い足、と、まるで『ロマンス小説』の主人公のようである。体型だけでなく、顔もまたロマンス小説の主人公さながら、男臭い、そしてセックスアピール全開の二枚目なのだった。

生粋《きっすい》の日本人らしいがとてもそうは見えない彫りの深い容貌《ようぼう》である。きりりとした眉《まゆ》、少し垂れ目がちの目は上下ともに濃く長い睫《まつげ》に縁取られている。趣味だけではなく、仕事でも行くことが多いというゴルフのためか日に焼けた褐色の肌をしており、まさにシークものの主人公そのものだと思いながら僕は黒川の指示で彼と向かい合って座り、何を叱責されるのだろうと必死で考えを巡らせた。

心当たりはない。これといったミスはしていないはずだが、と案じつつも問いかけた僕を、黒川がじろりと睨む。

あまりに迫力のあるその目に臆《おく》したせいで、ごくりと唾《つば》を飲み込んでしまった。ペーペーの僕と編集長の黒川。年齢は十歳差だが、立場的には天と地ほどの隔たりがある。

「愛姫先生のプロットを読んだ」

相変わらず厳しい目のまま、黒川が口を開く。

「あの、今度はシークものにしたいと昨日の打ち合わせでは仰《おっしゃ》っていました。ウチでは久々だったので、ちょうどよかったかな、と。内容もチェックしましたが特に問題はなかったと思うんですが……」

それこそ『いつもどおり』で、と心の中で言い足した僕は、あのプロットについて叱責を受けるのだろうか、と内心首を傾《かし》げていた。

怒られるような要素はないはずだ。ということは叱責じゃないんだろうか。しかしだとしたらなんなんだ？　まさか、よくやってるな、と誉《ほ》めるために呼び出したわけじゃないよな？まさかな、と思いつつもつい笑いそうになっていた僕は、続く黒川の言葉に絶句することとなった。

「特に問題がない？　あのプロットに？　お前、それ、本気で言ってるのか？」

「…………え……？」

何かマズいところはあったか？　いや、なかった。退屈なくらい、いつもどおりだった。あれが駄目なら今までの愛姫先生の作品すべてが駄目になってしまうだろう。

そう思ったがゆえに僕は、黒川の意図を読めないまでも己の考えを告げることにした。

「本気です。今までどおり、読者の満足を得られる作品になると思います」

なんといっても読者が求めているのは『ワンパターン』な愛姫沙央梨の作品なのだ。駄目なわけがないだろう。

はっきりそう言いはしなかったが、その考えに間違いはないという確信はあったので主張したというのに、黒川はそれを聞き、やれやれ、というような溜め息をついたかと思うと、一層厳しい目で僕を見つめ、衝撃的な言葉を口にした。

「白石、お前に担当が替わってから愛姫先生の売上げが落ちているということに気づいていないわけじゃないよな」

「……っ」

確かに――黒川の指摘どおりだった。が、僕に担当が替わった途端、というのには語弊があると思うのだ。先輩編集は自分が産休に入る際、それまで十五年に亘《わた》り愛姫先生が発行してきた書籍の全集を文庫として毎月発行するプランを立てた。

毎月毎月、愛姫先生の過去作品が発売される。ある意味供給過多になってしまっており、その全集が発売されるようになって以降、愛姫先生の新作の売上げは落ちていたが、それは『微減』といっていい数字で、全集の発売が終わればまた、新作の売上げも持ち直すのではないか、というのが営業の所見だった。

黒川の耳に営業の意見は届いているはずなのだが、と眉を顰《ひそ》めた僕に黒川が厳しい口調でたたみ掛けてくる。

「今回のプロット、シークものだが男主人公のキャラクターが弱い。それに以前、ウチから出した『砂漠の花嫁』のアシュラフと被《かぶ》りすぎている。被っているのはストーリーもだが、気づかなかったのか？」

「………すみません。気がつきませんでした……」

愛姫先生を担当することになったとき、黒川の命令で先生の全著作を読まされたので『砂漠の花嫁』も読んだはずだった。が、内容はさっぱり覚えていない。

だいたい著作が多すぎるのだ——などと言えるはずもなく、僕は黒川に向かい深く頭を下げた。

「キャラクターもストーリーも練り直してもらえ。いいな」

そう言うと黒川は、話は終わったとばかりに立ち上がった。

「あ、あの」

『練り直してもらえ』という相手は当然ながら愛姫先生だ。が、僕は既に先生には『ＯＫ』

の返事をしてしまっていた。

「なんだ」

黒川が再び椅子《いす》に座り直し、僕を真っ直《まっす》ぐに見据えてくる。

この目が怖い。まさに『帝王』そのものだ。厳しい眼差《まなざ》しの前には、臣下よろしく平伏《ひれふ》すしかない。臆してしまいながらも僕は、状況を説明するべく口を開いた。

「あの……愛姫先生には既にOKの返事を昼前には入れていまして、もう先生は書き始めていらっしゃるのではないかと……」

「それがどうした」

黒川の目がますます厳しくなる。『どうした』とは思いもかけないリアクションだった。自分の説明が悪くて現状が伝わらなかったということだろうか。編集長にしては珍しいが、わかってもらわないと困る、と僕は、もっとわかり易《やす》い表現を心がけ、説明を始めた。

「ですから、もう愛姫先生は書き始めていらっしゃるかもしれませんので、今更、キャラクター変更やストーリー変更をお願いすることはできません」

「ふざけるな！　お前、何を言ってるんだ？」

言い切らないうちに黒川の罵声《ばせい》が飛んできて、一体何が起こっているのか、一瞬わからなくなった。

「なにって、あの……？」

少しもふざけてなどいなかった。ごくごく真っ当なことを言ったつもりだったがゆえに、黒川が何を叱責しているのか、まったく理解できない。

「書き始めているなら尚更《なおさら》早く連絡しないとマズいだろう。だいたい、お前はこのプロットを見て何も思わなかったのか？　この主人公に魅力があると、本当にそう思ったのか？」

糾弾といっていいような勢いで、黒川が僕を問い詰める。

「……あ、あの……」

「お前の独断でオッケーの返事を出したからには、キャラクターにも話にも魅力があると思ったってことだよな。その魅力ってなんだ？　今、この場で説明してみろ。お前はこのプロットのどこがいいと思った？　少しも問題ないと、そう思ったのか？」

「あ、あの……」

黒川の剣幕に押され、『あの』しか言うことができずにいたところ、更に罵声を浴びせられる。

「『あの』じゃわからない。具体的にどこがいいと思ったのか、言ってみろ、白石！」

「す、すみません！　み、魅力は、ええと、その、いつもの愛姫先生の作品だと思ったところでした……っ」

何か答えねば。必死で頭を絞り考えついた答えを口にする。と、黒川の眉間《みけん》にはますます縦皺《たてじわ》が寄り、僕を見る目がより一層険しくなった。

「『いつも』ってなんだ？　説明してみろ」

「で、ですから、読者が期待している『愛姫先生作品』に思えた……ということです」

「お前の言いようだと、読者が求めている愛姫先生の作品のパターンがあるようだがそれはどういうものだ？」

説明しろ、と命じられ、僕はしどろもどろになりつつも黒川の意に沿うような答えを模索していった。

「あの……先生の作品の魅力は、勝ち気なヒロインが、第一印象では傲慢《ごうまん》でしかなかった相手役に最初は反発するものの、やがて惹かれるようになり、最後はその相手役に溺愛《できあい》されることに対し喜びを感じるという、なんというか……」

ワンパターンな筋立てにある、という言葉をいかにしてオブラートに包めばいいのか。咄嗟に頭が働かずここで僕は発言を途切れさせてしまった。

「浅い」

次の言葉を発するより前に黒川がそう言い、立ち上がった。

「あ、あさい……？」

考えが、ということか、と黒川の発言の意味を今一つ把握できずにいたが、僕もまた立ち上がり彼を見る。

「ああ。とても担当編集の言葉とは思えない。話にならないな」

吐き捨てるようにそう言われ、僕はショックのあまり何も返せなくなってしまった。

「ともかく、すぐ先牛に連絡を入れろ。シークのキャラをもう少し立たせるようにということと、ストーリー展開を『砂漠の花嫁』と被らないようにということを伝えるんだ。いいな?」

僕の目を見据え、黒川はそう言うと、返事を待たずに会議室を出ていってしまった。

「………そんな……無理だ……」

へなへなと再び座り込んでしまっていた僕の口から思わずその言葉が漏れる。

愛姫先生にはオッケーを出してしまっているのに、今更キャラクターやストーリーについて変えてほしいなんて、言えるはずがなかった。

しかも『キャラが立ってない』『ストーリーが前の著作と被っている』どちらも非常に言いづらい。

編集長から指摘があった、と言うしかないが、編集長の許可を得ないままOKを出したのかと怒られるに違いない。もう書かない、と臍《へそ》を曲げられてしまったらどうしよう。僕のような新人——二年目だが——が、このジャンルの大御所先生に意見などできようはずもないのだ。

愛姫先生だって僕のようなぺーぺーの言うことに耳を傾けてはくれないだろう。ああ、どうしたらいいんだか。頭を抱えてしまっていたが、次に使う予定だった人に会議室のドアをノックされ、部屋を出ざるを得なくなった。

どうしよう。頭の中にはその一言しかない。自分にはとても言えない。だが編集長は言えと命じる。僕の目から見るとキャラは充分立っているし、ストーリーにも破綻《はたん》はなく、いつもの愛姫先生の作品だった。『砂漠の花嫁』が出たのは五年も前だ。覚えている読者はそういないんじゃなかろうか。

これではたとえ、先生に電話をすることができたとしても、『それじゃあどう直せばいいの？』と問われた場合、答えに詰まるのは必至である。

まずはプロットを読み込むしかないか。ああ、そうだ。『砂漠の花嫁』も読み返してみるか。そんなことを考えながら席につき、離席の間にメールが入っていないかとパソコン画面へと目をやった。

「あ」

営業に配属となった同期の山田《やまだ》から『至急』というタイトルでメールが入っている。何事か、と思い開いた僕は、文面を読んで思わず机に突っ伏してしまった。

『今夜、イベントコンパニオンとの合コンなんだけど、1名欠員が出ちゃってさ。白石、来られない？　てか是非来てほしい！　顔面偏差値、上げてくれ！』

「…………」

何が『至急』だ、と呆《あき》れていたところ、ワイシャツのポケットに入れていたスマホが着信に震えた。

ディスプレイを見て、かけてきたのが山田とわかり、応対に出る。

『おう、メール、見たか？』

「お前さ、この用件で『至急』はないだろ？」

まったくもう、と憤ってみせたのに、山田は僕のそんな態度などどこ吹く風とばかりに用件をまくし立ててきた。

『なあ、頼むよ。金はいい。ドタキャンした奴に払わせるからさ。今、一階にいるから』

「急に言われても困るよ。仕事だってあるんだし」

合コンにはもともと興味がない。そもそも合コンに来るような女の子は好みではなかった。出版社の社員は高給取りと思われているせいか、派手な雰囲気の女子が舌なめずりしてやってくる——というイメージにはそれこそクレームがつきそうだが、現に僕が参加した合コンの九割九分がこのパターンだった。

それに今、僕は合コンに行っている場合じゃないのだ。これから愛姫先生に電話をしなければならない。それも先生の機嫌が一二〇％悪くなることが必至の電話を。こんな精神状態で合コンになど出られるわけがないじゃないか、と僕は、断ったのに尚、

『そんなこと言わずに頼むよ』

と泣きついてきた山田にきっぱり言い捨てた。

「無理。今、精神的余裕皆無だし。合コン行っても雰囲気悪くしかねないから。悪いな」

それじゃ、と電話を切ろうとした僕の耳に、山田の心配そうな声が響く。

『大丈夫か？　悪かったな、忙しいときに電話して』

「あ、いや……」

山田は思った以上に今の僕の発言を重くとってくれたようで、

『何があった？　俺でよかったら相談にのるぜ？』

と親切にも言葉を足してくる。

「……いや、悪い。そんなおおごとじゃないんだ。ちょっと編集長に怒られちゃってさ」

思いやりのある態度をとられると俄然、冷たい対応をした自分が恥ずかしくなった。実際『たいしたこと』ではあったのだが、同期に心配してもらうようなことではない、と慌てて言い返した僕に山田は、

『そりゃ、おおごとだよ』

とどこまでも同情してくれた上で、再び誘いをしかけてきた。

『気分がくさってるんだろ？　わかるぜ。まあ無理にとは言わないけど、飲み会に来て憂さ晴らししないか？　いい気分転換にもなると思うぜ』

「……うーん……」

確かに、気分転換はしたかった。その上山田に、

『一時間くらいで抜けてくれても全然オッケーだからさ』

と勧められては、それもいいかな、と思えてきてしまった。

今電話しようが、一時間後に電話しようが、大勢に影響はないだろう。気分転換したあとには、愛姫先生を怒らせないような上手《うま》い言い回しを思いついているかもしれない。

いっそ、山田たちに相談してみるのもいいかも――逃避、という自覚はあった。が、袋小路に入り込んでしまっていた気持ちの強かった僕はつい、『逃避』とわかりつつも山田の誘いに乗ってしまったのだった。

「わかった。一時間で抜けていいのなら行くよ」

『よかった！　待ってるよ。今日の面子《メンツ》は期待できるって言ってたぜ。憂さ晴らしにぱーっと騒ごう』

それじゃ、下で、と山田が電話を切る。周囲はざわついていて、僕の電話に気をとめていた同僚もいなかったし、残業するときには数十分、夜食を食べるために席を外すことは日常茶飯事だったので、誰にも特に言わなくていいか、と思い――合コン、と言いづらかったせいもあったが――適当に机の上を片付けると、戻ります、という意思表示のためパソコンはつけたまま、鞄《かばん》は置いたままで一階のエントランスへと向かった。

「よう」

山田が笑顔で迎えてくれる。

「店、どこ？」

「神保町《じんぼうちょう》。近所だよ。悪いな、急に誘って」

恐縮する山田に僕は「気分転換だよ」と笑いつつも、一時間で抜けるぞ、ということを暗に主張することにした。

「近所で助かった。また戻って仕事するし」

「ロマンスノベルズ、絶好調だもんな。愛姫先生なんて大御所担当してりゃ、ストレスも溜まるだろ」

頑張れよ、と山田が僕の背中をどやしつける。

「うん。もう僕のようなぺーぺーは相手にされてないって感じだ」

同期同士の気易さからか、言うつもりのなかった愚痴が僕の口を突いて出た。

「そりゃそうだろう。年だって随分上なんだろ？　俺ら、二年目になったばかりだし、舐《な》められちゃうのは仕方ないよ」

俺もさあ、と山田もまた、書店員に対する愚痴を言い始め、店に着くまでの間、まさに愚痴大会になってしまった。

「とはいえ、今日来てる女の子たちは俺らのこと『ぺーぺー』とは思ってないからさ」

思う存分、自慢してやれ、と山田がまた僕の背をどやしつける。

「しないよ、自慢なんて」

「なんでよ。勿体ない。編集部、期待の若手だぜ」

「期待なんてされてないって」

「『ロマンスの王子様』が何言っちゃってんの」

山田とふざけるうちになんだか気持ちが上向いてきた。

実際は『期待の若手』どころか、黒川編集長に怒られ、凹《へこ》まされたばかりではあったが、合コンに来る女子たちはそんなこと、知るわけがない。

よし、山田の言うように楽しく飲んで騒ぐことで、気分転換させてもらおう。帰社したら憂鬱《ゆううつ》な仕事が待ってるんだ。それに取りかかるにはまず、気分をアゲていかなきゃ、と僕は実に自分にとって都合のいい言い訳を頭の中で組み立てると、改めて山田に、

「で？　今日の面子は？」

と目先の『楽しい』であろう合コンへと気持ちを向け直したのだった。

2

一時間で戻る――はずが、思いの外座《ほか》が楽しかったためと、料理も美味しかったため、気づけば結構ワインを何杯も飲んでしまっていた。

そうなると時間の感覚もなくなり、トイレに立つついでに腕時計を見ると、既に午後九時を回っていた。

しまった、一時間どころか二時間も経っている。そろそろ帰社しないと、愛姫先生に連絡を入れるには失礼な時間になってしまう。しかし面倒だな、と溜め息をついたそのとき、ポケットに入れていた携帯が着信に震え、誰だ？　と取り出しディスプレイを見た。

「あ」

浮かんでいたのは会社の電話番号だった。何か急用だろうか、と思いながら応対に出る。

「はい、白石です」

『……お前、今、どこだ？』

名乗りもせず問いかけてきた、その声を聞いた瞬間、酔いがいっぺんに覚めてしまった。

「あ、あの……」

『どこだ、と聞いている』

不機嫌全開で問いかけてきた声の主は、二時間前に叱責されたばかりの黒川編集長だった。

「神保町です。その……残業するのに、食事をしようかと……」

ヤバい。まさか編集長が電話をしてくるとは思わなかった。青くなりつつ、電話のスピーカーが店内の喧噪《けんそう》を拾わないよう、口元を手で覆う。

「あれ？　白石君、何してんの？」

と、運の悪いことに、女子トイレから出てきた合コン相手のイベントコンパニオンが僕をめざとくみつけて近寄ってきた。

「電話？　誰？　彼女？　白石君、彼女いないって、さっき言ってなかったっけ？」

酔っ払っている上に、コンパニオンだけあって実によく声が通る。これ、絶対電話の向こうに聞こえているよなとますます青くなりながらも目で、静かにして、と訴える。

「え？　なに？」

にもかかわらず、彼女が一段と高い声を上げたその声と、耳をあてた携帯の向こうから響く黒川の罵声が重なった。

『いいから早く戻って来い‼』

「きゃっ」

半径五メートル四方には確実に響き渡ったに違いない黒川の声に恐れを成し、彼女がまず悲鳴を上げる。

「わ、わかりました」

僕は慌てて電話を切ったあと、驚いたように目を見開いている彼女に「それじゃ」と挨拶《あいさつ》し、席に戻ると山田のもとへと駆け寄った。

「悪い。呼び戻された」

「えっ。マジか」

赤い顔をした山田が驚くのに、僕は悪いが先に帰る、と告げ、

「いくらだ?」

と財布を取り出した。

「いや、いいよ。言ったろ? ドタキャンした奴からもらうって」

それよりまた来てくれ、と山田が僕の背を叩《たた》いたあと、その様子をうかがっていたテーブルの皆に向かい声を張り上げる。

「ロマンスの王子様はお城に帰る時間となりました……じゃなく、期待の若手編集なもんで、呼び出しがかかったそうです」

「えー、白石君、帰るの?」

「つまらないー。二次会も行こうよう」

今日会ったばかりの女性たちが、馴《な》れ馴れしい口調でそう言い、口を尖《とが》らせる。やっぱり

今回の女の子たちもみんな軽かったな——などという感想を抱く余裕もなかった僕は、山田を「悪い！」と片手で拝み、その場にいた皆に「すみません」と頭を下げつつ、店を駆け出したのだった。

走ると酔いは回り、会社に着いた頃には鼓動は激しいわ顔は赤いわと、見るからに『酔っ払い』そのものの外見となってしまった。夕食をとっていたと言い訳したのにこれじゃマズい、とトイレで顔を洗ってみたものの、頬《ほお》の赤さは引いてくれない。もともと僕は男にしては色白のため、酔ったときには顔の赤さが目立ってしまうのだ。

あの声のでかい女の子のせいで、どうせ黒川には女子ありきの飲み会に参加したことはバレているだろう。こうなったらとことん怒られてやれ、と酔いゆえかいつも以上に捨て鉢になりつつ僕はエレベーターに乗り込み、自分の執務フロアのボタンを押した。

午後九時を回っていたが、編集部の人間はほとんど残って仕事をしていた。黒川もまた自席で誰かの初校ゲラを読んでいたが、僕が「あの」と近づいていくと目を上げ、きつい眼差しを向けてきた。

「飲んでいるな」

「はい。申し訳ありません」

言い訳したほうがますます怒られるに違いない。そう判断し、潔く認めた上で頭を下げる。

まあ、認めるまでもなく『飲んでいない』と言えるような状態ではないからなのだが、と、血が下がるほど深く頭を下げた僕の耳に、相変わらず厳しい黒川の声が響いた。

「白石、お前、愛姫先生に電話はかけたのか？」

「え……と……その……」

答えは勿論『していない』だが、それに関しては潔く認めることが僕にはできなかった。

「俺は電話をしろと言ったよな？」

僕の心を見透かしたように、黒川がそう、言葉を足す。

飲んでいることは見たまんまなので仕方がない。だが、上司の指示を無視したことを認めるのは勇気がいった。しかしこれも、もし黒川が愛姫先生に確認をとればバレてしまうことである。

いや、待て。こうして問い詰めてくるということはもしや、黒川は既に愛姫先生に確認を取っているということだろうか。それとも――酔った頭ではなかなか思考力が働かない。黙り込んでいた僕を、黒川は尚も厳しく問い詰めてきた。

「したのか、していないのか、どっちだ？」

「……申し訳ありません、していません。あの……なんと電話をしたらいいのか、迷ってしまって……」

「それで？　合コンに行けば、いいアイデアが浮かぶとでも思ったのか？」

言い訳など聞きたくない、とばかりに黒川がばっさりと斬《き》り込んできた。

「……いえ、合コンでは……」

今、答えるべきは合コンかどうかということなどではない。電話をしなかったことを誠心誠意詫《わ》びるしかない、という思考力が働いたときには僕は黒川から怒鳴りつけられていた。

「俺は『すぐに電話をしろ』と命じたはずだ。そのときお前、言ったよな？　愛姫先生はもう書き始めているかもしれないと。なら一刻も早く、キャラもストーリーも練り直してほしいという連絡は入れなきゃ駄目だろう。そうだよな？」

「……は……はい……」

仰るとおり。項垂《うなだ》れるしかなかった僕に、フロアの皆の注目が集まっているのを感じる。

黒川は部下を叱責するときには会議室に呼ぶのを常としていた。今まで誰かがこうも厳しく叱責されている場面を、果たして僕は見たことがあっただろうか。いや、ない。

一人で反語をしている場合じゃなかった。ここはもう、謝るしかない、と僕は再度黒川に向かい、深く頭を下げた。

「本当に申し訳ありませんでした。以後、気をつけます」

「その必要はなくなりそうだ」

僕の声に被せ、黒川の冷たいとしか表現し得ない声が響いた。

「……え？」

何を言われたのかがわからず、つい顔を上げてしまった僕を真っ直ぐに見据え、黒川が口を開いた。

「愛姫先生から俺宛《あ》てに電話があった。担当編集をお前から誰かに替えてほしいと」

「えっ」

思いもかけない黒川の言葉に、驚いたせいで思わず大きな声が漏れた。

「何を驚いている」

そんな僕を黒川が、ますます厳しい目で見据えてくる。

「あ……あの……」

『本当でしょうか』

喉元《のどもと》まで上ってきた言葉はそれだった。先生の機嫌を損ねた記憶はない。引き継ぎを受けたとおり、彼女が気持ちよく仕事できるよう、努めてきた。

担当を変更したいと言われるとしたら『これから』のはずだった。黒川の命令で『キャラとストーリーを練り直せ』と言ったあとなら、担当変更を申し渡されたとしてもまだわかる。しかし黒川が嘘《うそ》を言うはずもない。一体どういうことなのか。絶句する僕を厳しい双眸《そうぼう》で睨みつつ、黒川が口を開いた。

「自分が提出したプロットにお前がOKを出した時点で見切ったと、そう仰っていた。あのプロットはわざと、既刊に似せたそうだ。それを指摘することなく、そのまま通したお前をもう信頼できないと」

「………」

黒川の言葉が少しも頭に入ってこない。ということは何か？　先生は僕を罠《わな》にかけたのか？　罠、という言い方は悪いか。試された、ということだろうか。

どちらにせよ、それこそ『信頼できない』じゃないか、と働かない頭でぐるぐると考えていた僕の心を読んだようなことを黒川が言ってくる。

「不満があるようだが、先生の言うこともわかると思った。そもそもお前、今の仕事に真剣に取り組んでいるか？　お前からはまったくそれが感じられないんだが」

「そんな……そんなことはありません」

思わず言い返してしまったのは、周囲の皆の視線を跳ね返したかったこともあるが、何より心外だと怒りを覚えていたためだった。

真剣にやっていないとか、言いがかりだ。やり甲斐はなかったが、だからといって手を抜いたことはなかった。給料分の働きはしてきたつもりだ。『真剣味が感じられない』と言われては黙っちゃいられない。それで主張したというのに、黒川は僕の言葉を即座に否定した。

「あれで真剣にやっていたとでも言うのか？　お前は常に、無難にすませることしか考えていなかっただろう？　愛姫先生のプロットにＯＫを出したのがその証拠だ」

「確かに愛姫先生のプロットにＯＫは出しましたが、別に無難にすませようとしたわけではありません。先生の読者が好みそうな話だと思ったからＯＫを出したんです」

言い返しながら僕は、自分の言葉に少しの説得力もないことを自覚せざるを得なかった。

「それを『無難にすませている』というんだ」

黒川にそう言われるのも当然だ、と俯《うつむ》くしかない。

「やる気があるのか？　ないのか？　どっちなんだ」

たたみ掛けてくる黒川に僕はつい、言い返しそうになった。

『やる気なんてあるわけないじゃないですか。僕がやりたかったのはロマンス小説の編集じゃない。ハードボイルドかミステリーの編集です』

だが上司相手に『やる気がない』と主張できるほど、僕は怖いもの知らずではなかった。

ここは穏便にすませておいたほうがいいに決まっている。となるとやはり謝罪か、と心を決め、黒川に対し、尚も深く頭を下げる。

「大変申し訳……」

「もういい」

『ありませんでした』を言うより前に黒川の冷たい声が響く。

「…………」

厳しい、ではなく『冷たい』というのがぴったりのその声に驚き、僕は思わず顔を上げてしまった。

「酔っ払いと話すのは時間の無駄だ。もう今日は帰っていい。明日改めて話を聞く。以上だ」

「……あの……」

最早《もはや》黒川は僕を見てもいなかった。それまで読んでいたゲラに目を落としながら、駄目押し、とばかりにこう告げる。

「帰れと言ったんだ」

「…………わかりました」

頭に血が上る。恥ずかしさと怒りと、ない交ぜになった感情が胸の中で渦巻いていたが、それらの気持ちを口にすることなく僕は、黒川に頭を下げた。

「お先に失礼します」

当然、といおうか、黒川からはなんのリアクションもなかった。

「お先に失礼します」

机の間を縫い、エレベーターホールへと向かう。

「お疲れ」

何人かの同僚が声をかけてくれたが、彼らの胸には僕への蔑《さげす》みがあるに違いなかった。

皆の前でああも厳しく叱責しなくてもいいじゃないか。エレベーターを待つ僕の胸に、ふつふつと怒りが満ちてくる。

確かに、愛姫先生にすぐ電話をかけなかったのは僕の落ち度だ。でも、僕の話を聞くより前に、『やる気がない』だの『真剣さが感じられない』だのと決めつけるのは酷《ひど》いんじゃなかろうか。

しかも飲み会から呼び戻しておいて、『酔っ払いと話すのは時間の無駄だ』と言い捨てるなんて。なら呼び戻すなよ。恥、かかせやがって。本当に、むかつく。

到着したエレベーターに乗り込み、一階のボタンを押す。

本当に——本当に、腹立たしかった。勿論、自分が一〇〇％正しいと思っているわけではない。落ち度はあったと認識してはいるが、それでもあの言いようはないんじゃないかと思えるのだ。

本来なら、愛姫先生に担当クビを申し渡されたことを気にすべきだということは勿論、わかっていた。それがわかっているからこそ、黒川への怒りで敢《あ》えて頭をいっぱいにしているのかもしれなかった。

一年間、自分としては本当に一生懸命やってきたつもりだ。その頑張りを認めてもらえないばかりか『信頼できない』と言われてしまっては、ショックを受けないわけにはいかない。そのショックから目を逸《そ》らすために、僕は必要以上に黒川に対する怒りを爆発させていたのだろう。

本当に腹立たしい。『帰れ』と言われはしたがとてもそんな気にはならず、僕は再び神保町に引き返そうかと考えた——が、僕が上司に呼び戻されたことはあの場にいた皆に知られている。きっと無神経な女が『どうだった？』とか聞いてくるに違いない。

だとすれば。とても真っ直ぐ自宅に戻る気になれなかったために僕は、ちょうど走ってきた空車のタクシーに手を上げ運転手に行き先を告げた。

「銀座《ぎんざ》、お願いします」

「銀座ですね」

愛想よく運転手が返しタクシーが走り出す。

銀座に馴染《なじ》みの店があるわけではなかった。ただ、家に帰りたくないというだけだった。まだ新宿《しんじゅく》のほうが知っている店があったか、と考えたが、今更行き先を変更するのも面倒で、僕は後部シートに身を沈め、溜め息を漏らした。

渋滞もなかったのでタクシーは間もなく銀座四丁目の交差点に到着した。

「ここでいいです」

金を払ってタクシーを降り、行くあてもなかったので、歌舞伎座のほうへと向かい、ぶらぶらと歩き始めた。

晴海《はるみ》通りは人通りが多かったため、一筋二筋路地を曲がり、歩き続ける。

そういえば歌舞伎座の裏当たりに、ショットバーがあった気がする。前に先輩編集に連れてきてもらった。そこに行ってみようか、と路地を歌舞伎座のほうに曲がろうとした僕の目に、古びた看板が飛び込んできた。

「……え?」

なぜだかよくわからない。が、なんだか惹かれるものを感じ、僕はふらふらと看板へと歩み寄った。

『酵素バー』

「???」

小さな木の看板には、文字サイズ十八ポイント、MS明朝体でその四文字が書かれていた。僕はそんなに銀座に明るいほうじゃないが、こんな店、あったっけ? とまじまじと看板を、そしてその看板が下がる古い建物を見やった。

築年数、どれくらいになるんだろう。三十年や四十年は経っているに違いない。ドアには『open』の札がかかっている。

銀座で知らない店に入るには勇気がいる。値段設定が読めないからだが、なぜかこの店には心惹かれた。

もしもあまりに値段が高かったら、一杯飲んで帰ればいい。さすがに一杯一万円以上とることはないだろう——多分。

ぼったくりバーとかならわからないけれど。取りあえず店内の様子を見て、もし何かヤバいものを感じたらそっとドアを閉めればいい。

僕はあまり冒険をしないタイプだ。普段であれば古びたこの店に興味を惹かれていても、結局は知っている店に行っただろうが、今日の僕は少々自棄《やけ》になっていた。

ちょっと思い切ったことをすることが憂さ晴らしになるのでは、と無意識のうちに考えていたのかもしれない。

それで僕はドアを少し開け、薄暗い店内を覗《のぞ》き込んだのだが、最初に目に飛び込んできたのが物凄い美人だったため、思わず大きくそのドアを開いてしまったのだった。

「いらっしゃいませ」

思いの外低い、ハスキーな声だった。バーテンダーの格好をした彼女がカウンターの内側から僕を見てにっこりと笑い、どうぞ、というように手を差し伸べてくる。

「……あの……」

薄暗い店内、彼女の上にだけ明るい電気が灯《とも》っている。招かれるがままカウンターへと近づいていった僕は、『バー』にしてはなんだか様子がおかしいということにようやく気づいた。

「あの？」

カウンターはあるが、その前にスツールがない。バーならカウンターの背後にはボトルが並んでいそうなものだがそれもなく、壁になっている。

まるでヘアサロンとかエステサロンの受付のようじゃないか、と首を傾げていた僕に、ボーイッシュな雰囲気の美人が声をかけてきた。

「こちらは初めてですか？」

「あ、はい」

天井の明かりがちょうどスポットライトのように彼女を照らしているため、白い肌がますます輝きを放っている。が、近くで見るともしやこの美人は『美女』ではなく『美男』ではないかと気づいた。

『ボーイッシュ』ではなく本物の男だ。しかし化粧してないか？　単に彫りが深く睫が長いだけか？　いや、あの唇は絶対、ルージュを塗っているだろう。

店内の様子も気になったが、この謎めいた雰囲気の彼のことも気になり、ついジロジロとその顔を見やってしまった。

「初めてでしたら三十分のお試しコースをお薦めしています。初回割引で通常、三十分で五千円のところを半額の二千五百円でご利用いただけます」

「あの……何を試すんです？」

流暢《りゅうちょう》な説明だったが、肝心の内容がわからない。と、彼は少し驚いたように目を見開いたものの、すぐにっこりとその目を細めて微笑《ほほえ》み、カウンターの下からすっとパンフレットを出してきた。

「失礼しました。当店は酵素カプセルの専門店です」

「酵素カプセル……」

聞いたことがある。確か誰か有名なスポーツ選手がリフレッシュするのにこれほどいいものはない、とテレビで言っていたのを観《み》た記憶がある。

日焼けサロンにあるような機械の中に寝転ぶんじゃなかったか。『酵素バー』の『酵素』は酵素ドリンクではなく、カプセルのほうだったとは。しかしそれならなぜ『バー』なのだろう。

疑問を覚えはしたが、美女と見紛《みまが》う受付の男に、

「お試しコースでよろしいですか？」

と問われたときには、「はい」と頷いていた。

酵素カプセルに興味は一ミリもなかった。試してみたいと思ったことすらない。それでも試す気になったのは、二千五百円という値段の安さと、断って帰るのも面倒くさいという気持ちからだった。

「ではどうぞ。こちらです」

美形の受付に心惹かれたということもある。男に心惹かれるというのも変だとは自分でも思うのだが、『心惹かれる』以外に適した表現を思いつかないのもまた事実だった。

その受付がカウンターから出てきて、店の奥にある扉を開き、どうぞ、と僕に微笑みかけてくる。

そこに酵素カプセルがあるのか、と察し、開いてくれたドアから入ると、薄暗い室内の中央に、どどん、という擬音がぴったりくる様子で、酵素カプセルが一つ置かれていた。

狭い室内を見渡したところ、ドアや仕切りはなく、どうやらカプセルはこの一つのようで

ある。

専門店ということだったのに、一つしか置いていないのか、と首を傾げていた僕の見ている前で、受付の美形がカプセルへと近寄り、操作をすると、ぱか、と蓋《ふた》が開いた。

「どうぞ」

にっこり。華麗な笑みに目が吸い寄せられそうになり、どうしたことだ、と内心慌てる。僕はゲイじゃないはずだ。なのになぜ見惚《みと》れてしまうんだろう。慌てたせいで、あまり考えることなくカプセルへと向かい、靴を脱いで中へと入る。

「それではどうぞ、『ごゆっくり』」

カプセル内に寝転ぶと、受付はまた、にっこりと微笑み、パネルを操作して蓋を閉めた。

「…………あ……しまった」

いろいろな意味で動揺してしまっていたせいもあり、僕は自分の鞄をそのあたりに放り出していた。

鞄の中にはシステム手帳が入っている。もし、この店が『危ない』店だった場合、僕の素性ばかりか、愛姫先生をはじめとする有名作家の住所や電話、それにメルアド等を盗み見られたら相当マズいことになる。

また黒川編集長に叱責されてしまう。その考えが浮かんだ瞬間、マズい、と起き上がろうとしたが、不意に目眩《めまい》に襲われ目を閉じた。

なんだ、この感覚は……。酵素カプセルに入るのは初体験だが、こんなに頭がぐらぐらくるものなのか。疲れた身体《からだ》や精神を休めてくれるんじゃないのか。これじゃちっとも安らがないぞ。

ああ、目が回る——もう、目を開けていられない。瞼《まぶた》を閉じると同時に急速に睡魔が襲いかかってくる。

鞄は心配だった。が、再び目を開くことはもう、僕にはできなかった。

そのまま、沈み込むようにして眠りの世界に引き込まれていく。ああ、マズい。大丈夫だろうか。心配しつつも眠気には勝てず、そのまま僕は意識を失ってしまったのだった。

3

「……ん……？」

なんだか違和感を覚え、眠りの世界から引き戻される。

「…………え……？」

目を開いた途端、視界に飛び込んできた光景に驚いたあまり、僕は思わず声を上げてしまった。

そこは――まったく見覚えのない場所だった。一面の砂浜。いや、海辺ではないから『砂浜』ではない。

砂漠？　しかし日本に砂漠なんてあったか？『砂丘』はある。だが鳥取だ。

辺り一面、砂、砂、砂――で、やはり砂漠としか思えないが、なぜ僕は砂漠になどいるのだろう。

空を見上げると満天の星空だった。上空には満月が浮かび、月の明かりのせいで一面の砂が輝きを放って見える。一体ここは何処《どこ》なのだ、と啞然《あぜん》としていた僕の視界に、地平線から真っ直ぐにこちらへと向かってくる『何か』の姿が飛び込んできた。

『何か』が馬に乗った人間だとわかるまでにそう時間はかからなかった。馬？　砂漠に？

物凄いスピードで近づいてくる人物の姿がやがて、はっきりと見えるようになってくる。

映画『アラビアのロレンス』のピーター・オトゥールのような扮装をした人物だとわかる。顔まではまだ見えないが、男性、しかも逞しそうな——と思いつつ、じっと見つめていた僕の目の前に、やがて男がはっきりとその容貌を現した。

「……え？」

思わず戸惑いの声を上げてしまったのは、その人物の顔にこれでもかというほど見覚えがあったためだった。

「……そなたの名は？」

姿ばかりでなく、声もまた、僕のよく知る人のそれだった。

「編集長？」

そう——アラブ服に身を包んでいるのは黒川編集長に違いなかった。

しかし編集長がなぜ、砂漠で馬に乗っている？　しかも『そなた』ってなんでそんなレトロな喋《しゃべ》り方を？

「『編集長』というのがそなたの名か？」

馬の上から黒川がそう問いかけてくる。

「えっ」

ふざけている――様子はなかった。僕をからかってるんですか？　と聞けるような雰囲気でもない。

「『編集長』か」

その上訝《いぶか》しそうにしながらも、それが僕の名前と認識されそうになり、慌てて名乗ることにした。

「白石です。白石瑞帆《みずほ》」

「ミズホ……いい名だ」

にっこり。笑うと月明かりの下、白い歯が輝いて見える。

編集長がこんなに優しげに笑うところなど、見たことがなかった僕は、男臭く魅力的なその笑顔に思わず見惚れてしまった。

「サーリフの言葉は正しかった。ミズホ、さあ、行こう」

編集長――ではなく、編集長そっくりの男は僕には意味のわからない言葉を告げると、馬上から手を伸ばし僕の腕を摑《つか》んだ。

「えぇっ」

そのまま馬の上まで引き上げられ、彼の前、横向きに座らされる。

「行くぞ」

思わぬ高さに身を竦《すく》ませていると、耳許《みみもと》に囁《ささや》かれ、はっとして振り返った僕の目に黒川そっくりの男の顔が映った。

近い。あまりに近い。どぎまぎするあまり顔を伏せたと同時に男が手綱を引き、馬の腹を蹴《け》った。

「戻るぞ、アスワド」

馬が前足を上げ、ヒヒン、といななく。バランスを失い、馬から落ちそうになってしまったところ、逞しい男の腕が背に回り、胸に抱き寄せられた。

「捕まっていろ。アスワドは駿馬《しゅんめ》だが少々気性が荒い」

耳朶《じだ》に男の息がかかる。声も黒川そのものなのだが、低く、よく響くバリトンの美声で囁かれ、どき、と意味もなく胸が高鳴った。

なんだ、このドキドキは。動揺していられたのもそこまでで、僕らを乗せた馬が方向転換した直後に物凄いスピードで走り出すともう、考えるどころではなくなった。

落ちる、と男のアラブ服にしがみつく。

「それでいい」

男はまた僕の耳許で笑うと、しっかりと背を抱き寄せてくれた。

風と、そして蹄《ひづめ》が蹴散らす砂を感じる。一体何が起こっているのか。わけがわからないでいるうちに、馬は砂漠を駆け抜け、石畳の道を走り始めた。

「…………」

スピードが少し緩んだため、ようやく僕は男の胸から顔を上げ、周囲を見渡したのだが、街灯に照らされたその街並みはまさに、アラビアンナイトの世界、そのものだった。

どこなんだ、ここは。立ち並ぶモスク風の建物を見回しているうちに、馬の歩調がより緩やかになった。

「着いたぞ」

男の言葉を聞き、どこに到着したというのか、と前を見て唖然とした。

大きな門の前、銃を持ったアラブ服の男が二人、立っている。と、門の向こう、やはりアラブ服を着用した若い男が数名、慌てた様子で駆け寄ってくると、数名がかりで門を開き始める。

「ご苦労」

門が開ききるより前に、男は皆にそう声をかけると、馬の腹を軽く蹴り、中に向かって走らせた。

『着いた』というのはどこに着いたのだ？　という僕の疑問が解消したのは、長い石畳の道を馬が走ること数分後のことだった。馬が足を止め、ブルル、と声？　を漏らす。

「手を離してくれるか？」

「あ、すみません」

男に言われ、僕は自分が未《いま》だに彼のアラブ服にしっかりしがみついたままでいたことに気づいた。慌てて離すと男がふっと笑い、ひらりと馬から下りる。

「さあ」

そうして、僕へと両手を伸ばしてきたかと思うと、脇に手を入れ、そっと馬から下ろしてくれた。

「あ、ありがとうございます」

礼を言い、頭を下げる。再び頭を上げたとき、僕をじっと見つめていた男と目が合ってしまった。

黒い瞳が優しげな笑みに細められる。

見れば見るほど、黒川に似ている。が、黒川であるはずがない。服装の違いもあるが、何より表情が違い過ぎた。

一体この人は誰なんだろう。まじまじと見つめると、相手もまじまじと見返してくる。にらめっこじゃないんだから、と思いながらも視線を外すことができなくなっていたのはまさに、男の瞳に魅入《みい》られてしまっていたからかもしれない。

「マリク様、おかえりなさいませ」

と、そのとき背後から声がし、ようやく僕は我に返った。男の瞳から視線を外し、声のほうを見やると、黒いアラブ服を身に纏《まと》った男が深く頭を下げていた。ということは、彼はやはり黒川ではなく『マリク』というのか、と今度はそっちを振り返る。

「ラヒム、サーリフの言ったとおりだったぞ」

「それでマリク様は」

「ああ、気に入った」

二人の会話はまるで意味がわからない——が、ここで僕は今更のことに気づいてしまった。『マリク様』は黒川そっくりなので、日本人と思えないことはない。が、『ラヒム』のほうはどう見てもアラブ人だった。褐色の肌に灰色がかった青い瞳。鼻が高く唇が薄い。かなりの美形だ。あれ？　男なのに髭がないな——ということはどうでもよく、どう見ても日本人ではない彼とマリクの間で交わされている会話は日本語だった。

マリクが僕に話しかけてきたのも日本語だ。ここは日本とは到底思えないのに、と目の前にそびえ立つ、それこそアラビアンナイトの世界としか思えない『宮殿』を見上げていた僕の頭に、ふと、『正解』と思《おぼ》しき答えが浮かんだ。

なんだ、これは『夢』だ。

途端に記憶が蘇る。そうだった、僕は怪しげな『酵素バー』という店で酵素カプセルに入ったんだった。お試しコース、三十分二千五百円。税込みなのか税別なのかは聞き忘れたが、そんなこともまたどうでもよくて、ともかく、僕は今、酵素カプセルの中でおそらく眠ってしまい、こうして夢を見ている、ということだろう。

なんだ、夢か。やれやれ、と溜め息をつき、夢と気づいたからには間もなく覚めるのかな、と、二、三度瞬《まばた》きしてみる。

僕はあまり夢は見ないほうなのだが、見ているときに、あ、夢だ、と気づくと起きてしまうのが常だった。

だが何度瞬きをしても目が覚めない。あれ、おかしいな、と尚もぱちぱちやっていたそのとき、不意に肩を力強い腕に抱かれ、はっとしてその腕の持ち主を見やった。

「どうした？　ミズホ。目にゴミでも入ったか？」

「い、いえ。なんでもありません」

相変わらずいい声だ。耳朶に息がかかるほど近くから囁かれ、ぞく、と背筋に何かよくわからない感覚が走る。

「さあ、おいで。夜の砂漠は身体が冷えただろう」

言いながらマリクが僕を建物内へと導いていく。さすが夢、とでもいおうか、暑いとか寒いとか、そういう感覚は見事になかった。ただ、肩をがっちりと摑んでいるマリクの掌《てのひら》の感触も、服越しに伝わる彼の体温もばっちり感じられるのは不思議だ。

長い、長い外廊下を進んでいくと、所々に立つ若いアラブ人たちが恭《うやうや》しげにマリクに向かい頭を下げてきた。

どのくらい歩き続けただろう。そろそろ疲れてきたかも、というくらい回廊を歩いてきた正面は突き当たりで、前にはやはり若いアラブ人が立っている。マリクと僕が近づいていくと彼らは左右対称の動きを見せ、観音開きの扉をしずしずと開いていった。

「うわ」

眩《まぶ》しさを感じ、目を細める。それまで進んできた回廊が薄暗かったせいもあるが、煌々《こうこう》と明かりの灯ったその部屋の装飾に金が多く用いられていることが眩しさに拍車をかけていた。すごい。これもまさに『アラビアンナイト』だ。とはいえ千夜一夜物語は、アラジンと魔法のランプとかアリババと四十人の盗賊とか、子供の頃に絵本で読んだ話くらいしか知らないのだが。

金ぴかではあるが不思議と下品ではない。凄いな、と室内を見渡していた僕は、肩をより強い力で抱かれ、はっと我に返った。

「酒の用意をさせた。間もなく準備もできよう。さあ、座ってくれ」

マリクはそう言うと僕の肩を抱いたまま部屋の中央へと進み、金糸銀糸の編み込まれた美しいラグへと導くと、まず自らが腰を下ろした。と、どこからか可愛い少年が大きなクッションを抱えてやってきて、マリクの傍《かたわ》らにそれを置く。

「さあ、座ってくれ」

何が起こっているのか、今一つ把握できないでいた僕にマリクが手を差し伸べる。

「ええと……」

わけがわからないながらも、その手を取ると、マリクはぐい、と握った僕の手を引いたため、足下がよろけた結果、その場に座り込んでしまった。

すかさず先ほどの少年がクッションを抱えてやってきて、僕の横にも置いてくれる。

「あ、ありがとうございます」

礼を言うと少年はぺこりと頭を下げ、足音を立てない身軽さで下がっていった。どうやら奥にも部屋があるようで、そこで待機をしているらしい。

と、再び奥へと通じる扉が開き、先ほどの確か、ラヒムという若者が盆にシャンパンの瓶と、金細工が周りにほどこされたグラスを二つ載せ、登場した。後ろに二人の少年を従えている。

「祝いの酒だ」

マリクが嬉《うれ》しそうにそう言い、僕に笑いかけてくる。

「祝い？」

なんの、と問おうとしている間に、ラヒムがマリクの傍《そば》に跪《ひざまず》く。と、彼の後ろにいた少年たちが手にしていた低いテーブル——というより『お膳』といったほうがいいような大きさだったが——をマリクの前と僕の前、それぞれに置いてまた音もなく立ち去っていった。

ラヒムがマリクの前のテーブルに盆を下ろし、グラスをマリクにまず差し出す。クッションのタッセルを弄《もてあそ》んでいたマリクが「ありがとう」と微笑みグラスを受けとると、今度ラヒムは恭しげな仕草で、僕に向かいグラスを差し出してきた。

「あ、ありがとうございます」

頭を下げるとラヒムは、いえ、というように彼もまた頭を下げた後に、次にシャンパンのボトルを手に取った。

あれ？　アルコールは禁止じゃなかったっけ？　疑問は顔に出てしまっていたようで、マリクが僕に向かい、

「細かいことは気にするな」

と笑ってみせた。そんな彼のグラスと僕のグラス、両方にシャンパンを注《そそ》ぐと、ラヒムは深々と頭を下げ立ち去っていった。

「さあ、乾杯しよう」

マリクが微笑み、僕に向かってグラスを掲げてくる。

「あの……」

何に対する乾杯なのか。そしてそもそもあなたは誰で、ここはどこなのか。いや、これは僕の夢の世界だった。しかし全然覚めないんですけど。

戸惑っていた僕の目を真っ直ぐに見つめ、マリクが口を開く。

「二人の出会いにだ。予言者、サーリムの言葉は正しかった。今宵《こよい》砂漠で私は異世界から来た花嫁と出会うと……ミズホ、そなたは私の花嫁だ」

「えっ？　花嫁⁉」

意外すぎるマリクの言葉を聞き、僕は思わず大きな声を上げていた。

「ああ、そうだ。愛《いと》しい花嫁。予言の花嫁がミズホのように美しい人で私は嬉しい」

そう言ったかと思うとマリクは掲げたグラスを口元へと運び、ほぼ一気に近い感じでグラスを空けてしまった。

「さあ、ミズホも飲んでくれ」

キラキラ光る目を向けながら、マリクが僕に微笑んでみせる。

「あ、あのですね、僕はその……男なんですが？」

見ればわかると思うのだが、と焦りながら僕は、早く夢よ覚めてくれ、と心の中で念じていた。

だいたいおかしいじゃないか。なんで夢と自覚したのに覚めないんだ？　しかも黒川そっくりの男にプロポーズされるなんて、夢としてもあり得ない。

勘弁してほしい。そう思っていたし、これは夢、ともわかっていたが、それでもマリクの顔が黒川そっくりだからだろう、強く出ることはできず、もごもごと自分の主張を彼に告げ続けた。

「なのでその……『花嫁』にはもともとなれないというか……」

「案ずるな。問題ない」

しかしマリクは、あっさりとそう言ったかと思うと、グラスを目の前のテーブルに置き、立て膝《ひざ》で僕へとにじり寄ってきた。

「あ、あの……っ」

肩を抱かれたと同時に顎《あご》に指を添えられる。なんていうんだっけ、これ。あ、顎クイ？

こんなの、少女漫画の世界でしか見たことないぞ、と驚いている僕の目の前に、黒川の――じゃない、マリクの顔が近く、それこそ焦点が合わないほどに近いところまで寄せられる。

「男であろうが女であろうが問題はないのだ。サーリムに頼めば花嫁が男であろうと世継ぎを孕《はら》ませることができるのだから」

「はあ⁉」

今度こそ、理解不能だ、と叫ぼうとしたその唇を、マリクの唇が塞《ふさ》ぐ。

「……っ」

何をする――と驚いたせいで、抵抗するのが遅れた。固まってしまった僕の手からマリクがすっとグラスを取り上げたかと思うとそれをテーブルへと下ろし、僕を床へと押し倒してきた。

嘘だろ――？

その一言しか、頭に浮かばない。

男に押し倒された経験など、当たり前だが一度もなかった。更に当然ながら、男にキスされた経験もない。

男の唇なんて想像したこともなかったけど、こんなに柔らかく温かなものだったのか、と驚く。嫌悪感はびっくりするくらい湧《わ》き起こってこなかった。どうしてだ？　どう考えても理不尽な状況だろう、これは。混乱しているうちに、口内にマリクの舌が挿入されてきた。自分の舌をきつくからめとられ、うわあ、と思いはしたが、やはり嫌悪感は湧いてこなかった。

どうしてだろう。わけがわからない。いつしか閉じてしまっていた目を薄く開き、マリクを見上げる。

「……っ」

と、ずっと僕を見下ろしていたらしいマリクと目が合った。黒い、美しい瞳を細め、それは優しげに微笑む黒川――じゃなく、マリクの顔を見てしまうともう抵抗などできなくなる。

頭がぼんやりし、何も考えられない。彼の瞳の優しさに、情熱的なキスに、ただただ身を任せてしまっていた僕だったが、マリクの手が僕のシャツのボタンを外し始めたのには驚き、思わず身を捩《よじ》ってしまった。

「……ミズホ……駄目か？」

マリクが切なげな目になり、僕に問いかけてくる。

「駄目というか、その……」

男にキスされるのも信じられないが、肌に触れられるのは当然『駄目』だろう。頭ではそうわかっているのに、マリクの目を見るとなんだか罪悪感に駆られてしまう。

「駄目か？」

再びそう問いながら、マリクが僕に唇を寄せてくる。

駄目――じゃないかも。

思わず目を閉じてしまったそのとき――不意に目の前に強烈な明かりが灯され、眩しい、と僕は一旦開いた目をまたぎゅっと閉じてしまった。

「お客様、お時間です」

聞き覚えがあるようでないような、ハスキーボイスが響き、薄く目を開く。

「……あ……」

僕の視界に飛び込んできたのは、女性だか男性だか微妙な『酵素バー』の受付の美形の顔だった。

「いかがでした？　リフレッシュ、できましたか？」

にこやかに微笑み、手を差しのべてくる彼の、その手を握り身体を起こす。

「リフレッシュ……というか……夢を見ました」

ああ、やっぱり夢だった。それにしてはなんだかいろいろリアリティがありすぎるんだが。

まだぼんやりしていた僕が額に手を当ててると、受付の男は心配そうに顔を覗き込んできた。

「失礼ながらお客様はお酒をかなり召されてますね。酔いが回られたのかもしれません。休んでいかれますか？」

「いや……大丈夫です」

別に追加料金を心配したわけではなかった。なんというか——僕は今見た夢を忘れたくなかった。なので早く一人になり、今の夢を反芻《はんすう》したかった。

どうして黒川そっくりの男に押し倒され、唇を奪われた夢を反芻したいのか、自分の心理はさっぱりわからなかったが、それでもそうしたいという欲求は抑えがたく、僕はふらつきながらもカプセルを出、男のあとに続いてカプセルの部屋から受付のカウンターへと戻った。

そういや、鞄の心配をしていたのだった、と受付で鞄を渡されたときに気づく。

「二千五百円です」

どうやら税込みの金額だったらしい。言われた金額を支払った僕は、まだなんとなくぼんやりとしていた。

「お楽しみいただけたようですね」

三千円を出したため、レシートと五百円のお釣りを差し出してきた男に僕は、

「まあ……そうですかね」

と実に正直な胸の内を告げてしまっていた。

「楽しい、夢を見ました……ああ、楽しい、というか、うーん……」

楽しくはなかった気がする。ただただ驚いた。だいたい男にキスされたり押し倒されたり、

というのは絶対に己の願望ではないはずだ。しかもその『男』は黒川そっくりなのである。無意識のうちに僕は黒川にキスされたいとか押し倒されたいとか、望んでいたというのだろうか。

いやー、ないな、それは。

心の底からそう思っていた僕は、我知らぬうちに何度も首を大きく横に振ってしまっていたらしい。

「実はね……『夢』ではないんですよ、あれは」

受付がにっこりと微笑み、僕の目を見て頷いてみせた。

「……え？」

意味がわからない。『あれ』ってこの人には、僕が見た『夢』がどういったものであったか、把握されているということなんだろうか。

まじまじと顔を見返していた僕に、男は再度にっこり微笑んだあとに、

「『続き』を体験したくなったらまた是非、お越しくださいね」

そう告げると、店のカードと思しきものを差し出してきた。

「あ……はい……」

別に『続き』なんて見たくないし――と思ったはずであるのに、気づいたときには僕の手の中にはそのカードが握られていた。

「ご利用、ありがとうございました」

男の声に送られ、店の外に出る。

やはり――よくわからない。

黒川と同じ顔をした、アラブ服の男との――どうやら莫大な資産、あるいは高い地位についているであろうマリクとの出会いは鮮烈ではあった。

だが、だからといって再びあの『夢』を見たいかとなると話は別だ。

僕は間違いなく、ゲイではない。今まで同性に恋愛感情を抱いたことがないのがその証拠だが、なぜ、夢の中の僕はマリクのキスを受け入れたのだろう。

キスどころか、あのままだったら服を脱がされ、愛撫《あいぶ》くらいまではいっていたんじゃなかろうか。いくら夢だからといって、男に身を任すってどうだ、と突っ込まずにはいられない。

それでも――。

店を出て地下鉄の入口へと向かいながらも僕は、手にしたあの『酵素バー』の店のカードを弄んでしまっていた。

『夢ではない』

と、彼――だよな？――は言った。

『「続き」を体験したくなったらまた是非、お越しくださいね』

とも言っていた。

ということは、あの『夢』の続きを見ることは可能なんだろうか。

再びあの『マリク』に会える、と――？

「……会ってどうするんだ」

自分で自分がわからない。僕はマリクに再び会いたいのか？　どうして？　会って何をしたい？　話か？　それとも――？

「いや……ないから」

目覚める直前まで僕が体験していたのは、マリクとのキス、そして彼の指が僕のシャツのボタンを外していた、という状況だった。

普通に考えて、あの『続き』を体験したいとは思わないはずだ。

そう、望んじゃいないんだ。望んじゃ――自身に言い聞かせる自分の声をかき消すような勢いで、マリクの声が僕の脳裏に蘇る。

『ミズホ、そなたは私の花嫁だ』

花嫁って。僕は男だし。なれるはずがない。

しかもマリクは、想像を絶するようなとんでもない言葉を口にしていなかったか？

『男であろうが女であろうが問題はないのだ。サーリムに頼めば花嫁が男であろうと世継ぎを孕ませることができるのだから』

孕ませるって。僕をか？　その時点でもう、寒すぎるんだが。

否定的な要素は山のようにある。何よりあれは僕の見た『夢』だ。

そう思いながらも気づけば僕は、その『夢』で見たマリクへと思いを馳《は》せてしまっていた。

あれは宮殿だよな。しかも大勢の使用人に傅《かしず》かれていた。もしや彼はあの世界の『王』か『王子』ではないだろうか。

『あの世界』――一体それはどこにあるというのだ？

「……馬鹿馬鹿しい」

自分がいつまでも『夢』に拘《こだわ》っていることが可笑《おか》しく、苦笑を漏らしてしまってはいたが、相変わらず僕の頭の中には、黒川そっくりにして、決して彼が浮かべることのない優しげな笑みを浮かべるマリクの顔が浮かんでいた。

馬鹿馬鹿しい。本当に馬鹿馬鹿しい。そう思えば思うほどマリクの笑顔は僕の中から去ってはいかず、自分が確実にそう遠くない未来に再びあの『酵素バー』を訪れることになりそうだという予感を抱いてしまっていたのだった。

4

翌日、僕は二日酔いに痛む頭を抱えつつ、朝九時に出社した。

編集部はフレックス制度が敷かれているため、たいていの社員は午前十一時に出社する。僕も十一時のことが多いのだが、今日、無理をしてでも九時に来たのは、昨夜黒川編集長から叱責されたことが気になっていたためだった。

黒川は常に、朝九時前には出社しているというのが編集部内での噂《うわさ》だった。新人の頃は僕も九時には来ていたのだが、思い返すに黒川は常に在席していたように思う。

それで僕も九時に出社し、自分が犯したと思しき失態を詫びようとしていた。

納得はしていなかったが、愛姫先生を怒らせたのは事実である。その点は詫びるべきだろう、と思ったため、僕は体調的な無理を押して九時に出勤したのだった。

「おはようございます」

ロマンスノベルズの編集部では、九時に席にいるのはやはり、といおうか黒川一人だった。

僕の挨拶に黒川は一瞬顔を上げたものの、すぐにパソコンの画面へと目を戻し、

「おはよう」

と一言だけ返してくれた。

「あの、編集長」

詫びを入れるのにこれほどの好機はない。鞄を席に置くと僕は黒川のデスクへと歩み寄り深く頭を下げた。

「昨日は申し訳ありませんでした」

愛姫先生の担当を降ろされることに関しては、何を言うつもりもない。正直、この仕事には一ミリも魅力を感じていなかったので、続けたいと希望を出す気はなかった。

もしかしたら査定は下がるかもしれない。それでも僕自身、愛姫先生の担当を外れることについてはどこか、ほっとしている部分があった。

勿論、このあと希望どおりのハードボイルドやミステリーの編集部に配属替えになる、なんて甘いことは考えていない。ただ、ロマンス小説の編集部からは脱出できそうだ。次にスポーツ誌に回ろうが、ファッション誌に回ろうが、後悔はなかった。

どこに行こうとも、今よりはマシだ。編集長に睨まれたまま、好きでもなんでもないロマンス小説の担当編集をしているよりも、随分といいに違いない。

僕は――怒られ慣れていないのだ。たぶん。だから昨日の、皆の前での黒川からの叱責に、酷いショックを受けてしまっていた。

彼が上司でいる以上、僕は萎縮《いしゅく》したまま仕事をしなくてはならなくなる。いっそ、部署

を替わりたい――そう思っていたというのに、黒川が僕に告げたのは、

「十時に日本橋三越が開店したら、シェ・松尾《まつお》の焼き菓子の詰め合わせを買って来い。愛姫先生のお気に入りだ。今日の十一時にアポを取得している。早く買いに行って来い」

という指示だった。

「あ……はい……っ」

勢いに押され、頷いてしまう。あれ？　謝罪はいいのか、と戸惑っていたが、黒川に、

「早くしろっ」

とどやされ、席に着く間もなく僕はフロアを飛び出した。

「いってきますっ」

「早く戻れよ」

黒川に念を押され「わかってます」と返事をする。なんてことだ。今日謝りに行くということは、相変わらず黒川に睨まれながら愛姫先生の仕事をしなければいけないということだ。

しかし「担当を外してください。それが愛姫先生のご希望なんだし」と言えるような雰囲気ではない。このまま黒川は僕を使い続ける気なのだろうか。それはそれで疑問が残るが、上司命令には逆らえず三越に向かわざるを得なくなった僕の脳裏に、昨日夢に見たマリクの顔が浮かぶ。

『花嫁になってほしい』

花嫁はともかく、マリクの十分の一でもいいから、思いやり溢れる視線を向けてくれないものだろうか、と思わずにはいられない。しかし望めるわけもないか、と半ば諦《あきら》めつつ僕は、三越に向かうべく地下鉄の駅目指して駆け出したのだった。

十時より随分早く到着したため、開店を待ち、シャッターが上がるとすぐに僕は地下の菓子売り場を目指した。

無事にシェ・松尾でクッキーを買い、即座に編集部へと戻る。

既に黒川はコートを着込み、鞄を手に僕が帰るのを待っていた。

「行くぞ」

「は、はい！」

それで僕はまたも席に着く暇もなく、黒川と共に社を出、今出てきたばかりの地下鉄の駅を目指したのだった。

愛姫先生は吉祥寺《きちじょうじ》に住んでいた。アポは十二時だと言っていたから、充分間に合うと思うのだが。地下鉄から乗り継いだＪＲに揺られながら僕は、隣に立つ黒川の横顔をちらちらと窺《うかが》ってしまっていた。

電車の中では黒川は一言も口をきかず、かといってスマホや本を読むでもなく、つり革につかまりじっと窓の外の風景を眺めていた。上司の隣でスマホを弄《いじ》るのもなんだし、つり革に捕まると鞄と手土産を下げているため手がふさがってしまうので物理的にも何もできず、で、僕もまた窓の外の風景を眺めていたのだが、そうしてぼんやりしていると頭に浮かんでくるのは昨日見た夢の世界のことばかりだった。

砂漠の王様――だか王子様だかわからないマリク。予言者？　の言葉で僕を『異世界からやってきた花嫁』だと信じていた。

確かに『異世界』だ。今、僕がいるのが『現実』、あれは『夢』なのだから。

しかしなぜあんな夢を見たんだろう、と首を傾げる。夢は願望を見るというが、僕は決してあんな『願望』は抱いていないはずだ。

黒川そっくりのアラブ服の男に、抱き締められ、キスされるなんて。キスだけじゃなく、彼は――マリクは僕のシャツのボタンを外そうとしていた。

服を脱がせたあと、彼は何をする気だったんだろう。キスのあとにするのはまあ、愛撫だろうけれど、しかし――。

『ミズホ』

優しげな声で名を呼ぶマリクの指がプチプチとボタンを外していく。素肌に触れた彼の指先の冷たさに、僕はびくっと身体を震わせて――。

「……っ」

そのとき、ガタンと電車が大きく揺れ、何を想像していたんだ、と僕は我に返った。途端に頬にカーッと血が上ってくる。

「どうした」

思わず俯いたせいか、黒川の注意を引いてしまったらしい。問いかけてきた彼に慌てて「なんでもありません」と返しはしたが、黒川の顔を見るとまた、自分の『想像』を思い出し頬に血が上ってきた。

「顔が紅いな。熱でもあるのか？」

黒川が僕に顔を寄せ、問いかけてくる。

『ミズホ』

夢の中ではこのまま僕は黒川——ではなくマリクにキスされたのだった、とまたも夢を思い出し、落ち着かない気持ちになる。

「大丈夫です。すみません」

と、そのときちょうど僕の前に座っていた乗客が立ち上がった。黒川は立っているのに自分が座るわけにはいかない、と目で「どうぞ」と促す。

「俺はいい。お前が座れ」

体調が悪いのならと黒川に言われたが、特に体調には問題なかったので「大丈夫です」と言っているうちに、僕の隣に立っていた若い女性がするりと前を通り抜けるようにし、着席した。

黒川がちらと僕を見、そのまますぐに車窓へと視線を戻す。せっかく体調を労《いたわ》り『座れ』

と言ってやったにもかかわらず、無視をするとは可愛《かわい》くない——とでも思われたんだろうか。不機嫌そうに見える横顔を窺う僕の口から、思わず溜め息が漏れそうになる。

やっぱり昨日の『夢』は願望なんかじゃない。こんな厳しい上司に抱き締められたいなんて思うはずがないもんな。

ならなぜ、あんな『夢』を見たのか。いや、待てよ。あの男だか女だかわからない受付の人はあれを『夢ではない』と言っていなかったか？

夢じゃなかったらなんなんだろう。現実？　のはずはない。パラレルワールド？　ってSFじゃないんだから。なんなんだろうなあ、と首を傾げる僕の頭の中にはまた、『夢』の中のマリクの笑顔が浮かび、すぐ横に立つ黒川の仏頂面《ぶっちょうづら》とは雲泥の差だと、またも漏れそうになる溜め息を呑《の》み込まなくてはならなくなった。

非常に居心地の悪い中、ようやく電車が吉祥寺駅に到着すると、黒川は真っ直ぐ愛姫先生の家に向かうのではなく、まず駅ビル内にあるコーヒーショップへと僕を連れていった。

「あれから先生のプロットを読んだか？」

向かい合わせに座った途端、黒川が僕に厳しい声で問いかけてきた。

「あ、いえ……」

結局昨夜は、酵素バーから自宅に戻ると、服を着替える余裕もなくそのままベッドに倒れ込んで眠ってしまった。今朝、九時に出勤するべく何とか起きたあとにはシャワーを浴びるのがやっとで、朝食すらとれていない。

出勤したらしたで、すぐに三越に走らされたから、机に座る暇もなかったし、と心の中で言い訳を呟《つぶや》いていた——面と向かって言う勇気はさすがになかった——僕に、黒川が問いを重ねる。

「『砂漠の花嫁』は読み返したか？」

「いえ……」

読んでいない、と首を横に振りながら、マズいかも、と今更の反省を僕はしていた。

プロットを読み返してもいなければ、あのプロットが似ていたといわれる愛姫先生の五年前のシークものもチェックしていないとなると、やる気を疑われても仕方がない。

そもそも昨日からその『やる気』を失っているわけだが、それを取り繕うのが社会人というものだろう。

「申し訳ありません。昨日は随分と酔っていて、それでその、帰宅したらすぐに寝てしまいまして……」

それで僕は怒られるより前に、と先回りをして詫びたのだが、僕の謝罪に対し、黒川はなんのリアクションも見せず、ただ、

「それならお前は今日、黙っていろ。一言も喋るな」

と告げただけだった。

「……はい……」

言い訳をしたので気分を害されたのだろうか。謝罪だけしていればよかったのか？　この沈黙、どうすればいいんだ。俯いた僕の目の前に、カバーの掛かった本が差し出された。

「あの……」

「『砂漠の花嫁』だ。十分間、時間がある。読めるところまで読んでおけ」

黒川は僕にそう言うと、さあ、と本を突きつけてくる。

「わかりました」

受け取りはしたが、僕の頭の中は疑問符でいっぱいだった。自分がこれから愛姫先生のところに向かうのは、謝罪が目的であることはさすがにわかっていた。が、謝罪したあとには担当は替わるんじゃないんだろうか。

替わりたい、という僕の希望が通るのではなく、替えたいという愛姫先生の希望のままに、担当替えがあるのではないのか。普通に考えればそうだろう。

「あの……」

だとしたら今更、プロットを読むとか、既刊を読むとか、無駄じゃないのか。謝るために読めというのだとしたらまだ話はわかるが、先ほど黒川は僕に『一言も喋るな』と命じた。となるとなぜだ？　もし、愛姫先生に話しかけられた場合、ボロが出ないように？

理由を聞きたくて問いかけたというのに、黒川はじろ、と僕を睨み、目で先ほど渡した本を示しただけだった。

「………わかりました」

何一つわかっちゃいなかったが、口答えをするなという黒川の指示だけはわかったので、僕は大人しく本を開き読み始めた。

いつもの癖で飛ばし読みをしているうちに、本当にプロットの内容とダダかぶりなことがわかり、変な汗が出てくる。

さすがにコレは怒られる。青ざめつつも先を読み進めていた僕の耳に黒川の厳しい声が響いた。

「行くぞ」

「あ、はい」

顔を上げたときにはもう、黒川は立ち上がっていた。

「あ、あの、これ……」

書店のカバーがついているということは私物だろう。そう思い、『砂漠の花嫁』を返そうとしたが、黒川は受けとらなかった。

「読み終わってからでいい」

「わ、わかりました」

編集部に戻れば本棚に愛姫先生の既刊全部が揃《そろ》っている。だがそれを言えるような雰囲気ではなく、僕は慌てて本を鞄に入れ、コートを着込んだ。

その間に黒川は僕の分までコーヒーカップを下げてくれていた。

「申し訳ありません」

上司にやらせることじゃなかった、と詫びる僕になどかまわず、黒川は無言のままコーヒーショップを出ていった。

慌てて彼のあとを追いながら僕は、いよいよ謝罪か、と緊張を高めていた。愛姫先生のご自宅は吉祥寺駅から徒歩七分の所にある瀟洒《しょうしゃ》なマンションのペントハウス――最上階だった。四LDKのその部屋は仕事場も兼ねていて、秘書と家政婦が毎日通いで来るらしい。

家族は愛猫のペルシャ猫だけという彼女はバツイチ独身という話だったが、本人とプライベートな話をしたことがないので詳しいことはわからない。

オートロックのインターホンを黒川が鳴らし、待つこと数十秒。

『はい』

スピーカーから聞こえてきたのは女性の声だったが、愛姫先生ではない気がした。

「S出版の黒川です。十二時に愛姫先生とお約束をいただいております」

丁寧な口調で黒川が名乗り、カメラに向かい会釈をしてみせる。

『うかがっております。どうぞお入りください』

やはり応対に出たのは秘書だったようだ。彼女がそう言ったと同時にオートロックが解除され、エレベーターホールへと通じる自動ドアが開いた。

黒川がそのドアへと向かい、僕も慌てて彼に続く。エレベーターに乗り込み、最上階を目指すまでの間に、黒川が僕に告げたのは一言、

「誠心誠意、謝意を体現しろ」

のみだった。

愛姫先生の部屋に到着し、インターホンを鳴らす。と、すぐにドアが開き、長年愛姫先生の秘書をしている佐野山《さのやま》が黒川に向かい頭を下げて寄越した。

「いらっしゃいませ。どうぞお入りください」

「お邪魔します。ああ、これ」

と黒川が僕を振り返り、渡せ、と百貨店の紙袋を目で示す。慌てて差し出すと黒川はそれを受け取り、佐野山に笑顔を向けた。

「シェ・松尾の焼き菓子です」

「ありがとうございます。先生、お好きですものね」

佐野山がぽおっとした顔になり、黒川から紙袋を受けとる。が、すぐに彼女は我に返った様子となると、声を潜め、早口で言葉を続けた。

「先生は少々ナーバスになっておいでです。黒川さんだからアポを受けましたが、他の会社と予定されていた打ち合わせは延期してもらっています」

「……教えてくださりありがとうございます」

黒川が恐縮したように佐野山に頭を下げる。

「いえ、そんなたいしたことでは」

佐野山は照れてみせたものの、すぐさま、

「ではどうぞ」

と『有能秘書』の顔を取り戻し、黒川を奥へと導いた。

彼女の目に映っているのは黒川のみで、僕を一顧だにしなかった。僕が一人で来たときには、愛想はないもののここまで露骨ではない。まるで敢えて無視されているみたいだ、と感じたその理由を、僕は直後に知ることとなった。

「先生、黒川編集長がお見えです」

秘書がドアをノックし、中に声をかけてから、打ち合わせの際にはそこを使うリビングダイニングへと通じるそのドアを開く。

「黒川さん、時間ぴったりね」

応接用のソファに座り、紅茶を飲んでいたらしい愛姫は立ち上がり、黒川には笑顔を向けたものの、黒川の後ろで僕が頭を下げると、すぐに厳しい顔となり、ふい、と目を逸らせた。

「黒川さん、お一人でいらしゃると仰ってなかった？」

不機嫌に言い捨てたその口調から、彼女が僕に対し非常に腹を立てていることがわかった。

「も、申し訳ありません」

頭を下げた僕を黒川が振り返り、じろ、と睨む。そういえば彼からは『一言も喋るな』と言われていたのだったと思い出すも、ここは謝るところだったのではないかと思っていた僕からあっという間に視線を外すと、黒川は真摯《しんし》な顔になり、愛姫先生に向かって深く頭を下げた。

「この度は大変申し訳ありませんでした。すべて、私の指導不足によるものです。先生にはご不快な思いをさせてしまうことになり、本当に申し訳ありません」

お辞儀の深さに、真剣この上ない口調に、啞然としたあまり頭を下げるのが遅れた。ヤバい、と僕もまた彼と同じくらい深く頭を下げたのだが、愛姫先生が声をかけたのは、やはり、といおうか黒川にのみだった。

「いやだわ、黒川さん。頭を上げてくださいな。私、別にあなたに謝ってほしいわけじゃないの。担当を替えてほしい、それだけなのよ。だから、さあ、いい加減、顔を上げてくださらない？」

愛姫の声からは、先ほどあった尖った感じが綺麗《きれい》に失《う》せていた。ああ、いたたまれない。彼女が怒りを覚えているのは僕、しかも『僕のみ』なのだ。さっき佐野山秘書が僕を無視したのも、愛姫先生からさんざん僕の悪口を聞かされたからなんだろう。

もうここは、僕が退場するのが一番の得策なのではなかろうか。居続ければ居続けるだけ、愛姫先生の機嫌は悪くなりそうだ。

空気を読んでこのまま退場したい。頼む、させてくれ、と僕は目で黒川に訴えた。

「本当に申し訳ありません」

黒川は一旦《いったん》、更に深く頭を下げたあと、顔を上げ愛姫先生を真っ直ぐに見据えた。愛姫先生が少し照れた様子で黒川から目を逸らす。

と、そこに、佐野山が紅茶を盆に載せ近づいてきた。

「先生、おかわりをどうぞ。黒川さんから焼き菓子をいただきましたので」

「あら、シエ・松尾ね。ありがとう。これ、大好きなの。さあ、どうぞお座りになって」

救いを得た、というわけではないだろうが、愛姫は少し安堵《あんど》した顔になると、まず自分がソファに座り、向かいのソファを黒川に示した。

「ありがとうございます」

黒川が座り、お前も座れ、というように僕を見上げる。どうしよう。座っていいんだろうか、とおそるおそる愛姫先生を見たが、先生は敢えて、なんだろう、僕へと視線を向けようとしなかった。

「早く座れ」

黒川が低い声で僕に命じる。

「し、失礼します」

そう声を上げてしまってから、しまった、一言も喋るなと言われたんだったとまた思い出し、僕は唇を噛《か》んだ。

「……で？　今日のご用件は？　謝罪ならもう、結構よ。私は担当替えの希望さえ通してくださったら、それで充分ですから」

愛姫先生は笑顔で、しかしきっぱりとそう言い切り、黒川を見据えた。黒川もまた笑顔となり、先生に頷いてみせる。

「本日お邪魔しましたのはお詫びも勿論ありましたが、新作の打ち合わせをさせていただきたいと思いまして」

「あら、担当替えが先じゃないの？」

愛姫先生が冷たい声を出し、ちらと僕を見る。ああ、本当にいたたまれない。俯き、身を竦ませた僕の耳に黒川の朗らかな声が響く。

「次作の担当は私と、この白石で務めさせていただければと思っております」

「えっ？　黒川さんが担当を？」

愛姫先生の声がここでいきなり高くなる。

「編集長になってからはもう、担当作家を持たなくなったのではなかったの？」

「今回は私も責任を感じておりまして……いかがでしょう、先生。お引き受けいただけますでしょうか」

黒川が身を乗り出し、唖然とした表情を浮かべていた愛姫先生に訴えかける。

「そりゃ……『伝説の編集』と言われるあなたに担当していただけるのなら嬉しいけれど、でも……」

ここで愛姫がちらとまた僕を見る。

「黒川さん単体という選択肢はないのかしら」

そりゃそうだよな。愛姫の提案を聞き、僕は心の中で溜め息を漏らした。と同時に黒川が『伝説の編集』と言われていることに驚いていた。

聞いたことないぞ、そんな二つ名。編集長になる前って、ロマンスノベルズに来る前に彼はどの部署にいたんだったっけ。

しかし『伝説』ってどんな『伝説』なんだろう。必ずヒット作を出す、とかか？　ああ、しまった、今はそんなことを考えている場合じゃなかった、と僕はソファの上で居住まいを正し、黒川の出方を待った。

十中八九、黒川は『わかりました』と言い、僕に帰れと命じるだろう。すぐにも立ち上がり、ここを辞す準備をしておいたほうがいい。幸い、もう手土産は渡してしまったし、コートと鞄を持てばいいだけだ。

早く『帰れ』と言ってくれ。この、相手から少しも望まれていないどころか、嫌悪されている状況から僕を解放してくれ。心の中で念じていた僕の声は、どうやら黒川には少しも届いていなかったようだ。

「はい。ありません」

ええっ！　思わず声を上げそうになり、慌てて堪える。愛姫も、そして近くにいた佐野山も、驚いた顔になり黒川をまじまじと見つめていた。

「部下の指導不足に責任を感じましたために、このような提案をさせていただきました。愛姫先生にお受けいただけましたらこれほどありがたいことはありません」

真摯な口調で黒川はそう告げ、じっと先生の目を見つめる。

勘弁してくれ——僕の胸中を一言でいうと、まさにこれ、だった。担当を替えたいと、看板作家が言っているのだ。大人しく聞き入れればいいじゃないか。どうして僕を担当に据え続けようと思うのか、まったく理解に苦しむ。

社員よりもまず、作家を大事にするべきじゃないのか。しかも相手はＶＩＰ扱いの売れっ子だ。もしここで機嫌を損ねたらどうする気なんだ。ドキドキと鼓動が嫌な感じで高鳴る。

もう、こんな状態から一刻も早く脱したい。

俯き、膝の上で拳《こぶし》を握り締めた僕の耳が、愛姫先生の溜め息をとらえる。

「……わかったわ。さすがに黒川さんお一人に頼むというのは無理ね」

やれやれ、というように溜め息を漏らした愛姫先生の顔は——笑っていた。

え？　ってことは？

呆然《ぼうぜん》としていた僕を、黒川が振り返る。

「あ……」

彼の目は『余計なことは言うな』と告げていた。

「よろしくお願い致します」

すぐさま視線を愛姫先生へと戻し、深く頭を下げた黒川の背が、僕にも頭を下げろと圧をかけているのがわかる。

「よ、宜《よろ》しくお願い致します」

倣って頭を下げた僕に対する、愛姫先生のリアクションは実に厳しいものだった。

「仕方ないわね。黒川さんに担当してもらうためですもの。一作くらい、目を瞑《つぶ》るわ」

「ありがとうございます」

黒川が弾んだ声を上げ、頭を下げる。

「あ、ありがとうございます」

目を瞑る、と言われても礼を言わなければならない屈辱。だがそれ以上にこの先のことを考えると憂鬱にならずにはいられなかった。

ロマンスノベルズに携わり続けるのも憂鬱なら、『黒川と一緒に』というのは更に憂鬱だ。憂鬱どころか、苦行でしかない。頼むから担当をクビにしてくれ——という願いをこの場で口にする勇気は、二年目にしてぺーぺーの僕にはなかった。

「早速、打ち合わせに入りましょう。次はシークでしたね。こういった方向でいきたい、というものは何かありますか？」

「うーん、シークは久々なのよ。ちょっと勝手がつかめなくて……やっぱり桁《けた》違いの経済力をメインに据えるべきかしら。それとも傲慢なシークのキャラを立てていくべきかしら」

「そう……ですね……」

早速、新作の打ち合わせに入った二人の会話に僕はただただ聞き入っているしかなかった。どうして編集長は愛姫先生の問いかけにああも即答できるのだろう。まるで問いを予測し、答えを準備していたかのようだ。

そんなことがあり得るんだろうか。だからこその『伝説の編集』なのか？

なんにせよ、僕は『蚊帳《かや》の外』だ。この場にいることが苦しい。ああ、はやくこの場から逃れたい。だってこれは僕のやりたい『仕事』じゃないから。

やりたい仕事をできるような立場にはまだ立てていない。それはわかっていたが、この場にいる苦痛にはどうにも耐えることができない。そんな自分を持て余しつつ、それを態度に出さないことが今、唯一僕にできることだという認識までは捨てることができない自身の小ささに、自己嫌悪の念を抱いてしまっていた。

5

その日の夜、僕はなんともやりきれない思いを抱えたまま、残業をしていた。

結局、あれから愛姫先生と黒川編集長の打ち合わせは二時間にわたって続いたが、僕は最初から最後まで『蚊帳の外』状態だった。

「ありがとう。随分と形になったわ。さすが『伝説』ね」

愛姫先生は実に満足げで、僕との打ち合わせのときには見せたことのない笑顔を前にする僕の胸中は複雑、なんて言葉では表現し得ないくらい複雑だった。

落ち込む――のは当然のこと、自分の存在が全否定された、そんな気持ちに陥ってしまう。

帰りの電車の中、空《す》いていたため黒川と並んでシートに座り呆然としていた僕に対し、黒川が告げた言葉は、

「『砂漠の花嫁』をなぜ今、読まない」

という叱責だった。

言われて慌てて黒川に借りた本を開いたものの、当然ながら内容は少しも頭に入ってこなかった。

帰社してからも、黒川からはなんの指示もなかった。仕方なく僕は、『砂漠の花嫁』を読み、愛姫先生が提出してきたプロットを確認しては、確かにこのプロットは『砂漠の花嫁』の劣化版だということを認めるしかない、という認識を新たにしていた。

八時過ぎになると、もうやることがなくなっていた僕は、席を立ち周囲に「お先に失礼します」と挨拶をしてフロアを出た。

黒川が一瞬、僕を見た気がしたが、声をかけられることはなかった。今日、愛姫先生の家を辞すときに、黒川は明日のアポイントメントも取得していた。

明日もまた、黒川と共に愛姫先生のもとを訪れ、一人だけ『部外者』状態となるのは苦痛以外の何ものでもない。

しかし、だからといって拒否することもできない。サラリーマンは本当に辛《つら》い、と溜め息をついてしまった僕の脳裏にふと、マリクの顔が浮かんだ。

あの酵素バーに行ってみようか。

本当に『夢』の続きが見られるのか、という好奇心もあった。それ以外の『何か』があるとはわかっていたが、今、自分に必要なのは『好奇心』の三文字——漢字で、だが——で充分だと思った。

歌舞伎座近くのサブウェイで軽い夕食をとったあと、僕は記憶を辿《たど》り『酵素バー』へと向かった。

もしかしたら予約が必要だったのかもしれないな。という僕の心配は、ドアを開いたと同時に解消した。

「いらっしゃいませ。今日は何分になさいますか？」

にっこり、と微笑んで寄越した受付の男性――だと思う。女性ではない――は僕の顔を覚えていたようだった。

「何分があるんですか？」

「三十分五千円、一時間七千円です。一時間のほうがお得となっています」

「……取りあえず、三十分で」

確かに一時間のほうがお得だが、一時間も酵素カプセルに入り続けていて大丈夫だろうか、という懸念があったため、僕は三十分を選んだ。

「途中で延長はできませんのでご了承ください」

受付はにっこり笑ってそう言うと「どうぞ」と僕を奥の、カプセルのある部屋へと導いた。

男が開けてくれたカプセルに入り、横たわる。

「この間の続きからでいいですね？」

「あの……」

『この間の続き』って、もしや彼は僕が見た夢がどんなものだったか知っているんだろうか。

だとしたら相当恥ずかしいんだが。しかし人の『夢』を覗き見るなんてことが可能だとはとても思えない。

とはいえやはり気になり、問いかけようとした僕に男はまた、にっこりと微笑むと、

「どうぞ、ごゆっくり」

とそれ以上喋らせることなく、カプセルの蓋を閉めてしまった。

聞きそびれた、まあいい。終わってから聞くとしよう。それにしても本当に同じ『夢』が見られるのだろうか——と考えているうちに意識が混濁してくる。

これってもしかして、『酵素』じゃなくてドラッグとかなんじゃないか？　知らないうちに僕は犯罪に巻き込まれていたりして。もし違法ドラッグだとしたら、バレた場合逮捕される可能性がある。前科者になったら会社だってクビになりかねないかも——。

ヤバい。あまりに考えなしだった——と後悔していられたのもそれから数十秒の間だった。急速に込み上げる眠気に目を開いていることができず、閉じてしまった、その次の瞬間、僕はあの『夢』の世界に戻っていた。

覆い被さってくる男。彼の手が僕のシャツのボタンを外そうとしている。

「す、すみません、ちょっと待ってください」

凄い。まさにあの『続き』じゃないか。驚いたあまり、飛び起きようとしたのが結果として功を奏した。

「どうした？　ミズホ」

勢いに押されたらしいアラブ服の黒川――ではなく、マリクが驚いたように目を見開きつつも、彼もまた身体を起こす。

「いえ、その……まだ心の準備が……」

できていなくて、と言いかけ、まるでこれでは『心の準備』さえできたら身を任せると言っているようなものか、と気づき、慌てて言葉を途切れさす。

「……確かに、ことを急ぎすぎたな」

動揺している僕の目の前で、マリクが、ふむ、と納得したように頷いたかと思うと、不意に何かを思いだした表情となり高らかに声を上げた。

「ラヒム！」

「お呼びでしょうか」

すかさず黒いアラブ服の裾《すそ》を翻し、ラヒムが奥の部屋よりやってくる。

「ミズホに湯の用意を。身体の隅々まで清めてやってくれ。抱き合うのはそのあとがいいそうだ」

「かしこまりました」

二人の会話を聞き、僕は思わず大声を上げてしまった。

「そうじゃなくて！」

「なに？」

「いかがされました？」

マリクとラヒム、二人して不思議そうに僕を見返してくる。

「いや、あの、『心の準備』というのはなんていうか、そういうんじゃなくて……」

それじゃ『身体の準備』じゃないか。違うのだ。僕が言いたいのは、まだ二人は知り合ったばかりなのに、いきなりキスやそれ以上のことをするのは性急すぎないかと言いたいのだ。もっとお互いのことをわかりあってからでも——と、ここでまた僕は自分に突っ込みを入れてしまった。

お互いのことがわかったあとには、僕はこの、黒川そっくりのマリクとキスしたり、それ以上のことをしてもいいと思っている、ということだろうか。

いやいやいやいやいや、それはない。だって僕はゲイじゃないんだし。そんな心の中でやっていた一人乗り突っ込みは、マリクの問いにより中断されることとなった。

「ああ、そうか。まだ私は自己紹介もきちんとしていなかったな」

どうやらマリクは僕が言いたかったことを察してくれたらしい。やれやれ、と安堵していた僕の目を覗き込むようにして微笑み、マリクが話し始めた。

「私はこの国の王だ。昨年、父が急死したためこの若さで王位につくこととなった」

「王……さま」

やはり『王』か。確かに威厳があるものな、と頷いた僕の目を見つめながらマリクが話し続ける。

「家族の話もしようか。母は私が幼い頃に亡くなっておりもういない。腹違いの妹と弟がいるが、交流はない」

「…………」

あれ。どこかで聞いたことがあるプロフィールだ。どこだっけ、と思いを巡らせ、すぐさま正解に辿り着く。

そうだ。愛姫先生の『砂漠の花嫁』だ。あの主人公のシークも、父の急死により若くして王位についたという設定だった。腹違いの妹がいて、その妹が王を好きなために女主人公を陥れようとするという展開となっていた。

そして父親の弟、叔父が宰相をしているのだが、彼もまた王を陥れようとしているのだった、と筋立てを思い出していた僕は、マリクに問われ、はっと我に返った。

「今度はミズホ、お前のことを聞かせてくれ。お前は異世界では何をしているのだ？　家族は？　友人は？　ああ、もしや恋人がいるのではなかろうな？」

最後、この上なく心配そうに問いかけてきたマリクを僕は、

「恋人はいません」

と安堵させたあとに、彼の質問に答え始めた。

「家族は父と母、それに弟の四人家族です。今、両親と弟は長野に住んでます」

「ナガノ？」

不思議そうに目を見開くマリクに僕は、

「地名です」

と告げると、あとは何を話すんだったか、とまたも考えを巡らせた。

「もとの世界では出版社に勤めています」

「出版社……というと？」

問うてくるマリクに、

「書籍を発行する会社です」

と説明したが、マリクは『会社』がなんだかわからない、と首を傾げた。

「ええと……」

どう説明すればよいのか、と言葉に詰まってしまう。

「カンパニー……って英語にしても一緒か。経営者がいて、従業員がいて、その……」

「『会社』がなんであるかより、そこでミズホは何をしているのかを教えてほしい。私が知りたいのはお前の世界のことではなく、お前について、だ」

「あ……はい」

真っ直ぐに瞳を見据えられ、必要以上に鼓動が高鳴る。何をときめいてしまっているんだ。相手は同性、しかも黒川そっくりなんだぞ。いくら自分に言い聞かせてみても、鼓動の高鳴りは収まってくれない。

「そこで、僕はその……編集という仕事をしています。具体的には、担当の作家を持ち、その作家が原稿を書くのに、なんていうのか……手助け……じゃないな。ええと、作家と寄り添い、いい作品ができるよう共に努力をしていくというか……」

「なるほど。ミズホは作家のよき理解者であり、よき指導者でもある、ということだな」

マリクがにっこり笑ってそう言い、納得したように頷いてみせる。

「いえ……」

確かに自分のした『編集』という仕事の説明を聞けば、マリクがそう判断するのもわかる。しかし実際、自分は少しも作家の――愛姫先生のよき理解者でもなければ、当然よき指導者でもない、ということは誰に説明されずとも自分自身がよくわかっていた。

「……どうした？　何か私の言葉が気に障《さわ》ったのか？」

俯いた僕の両肩をマリクが摑み顔を覗き込んでくる。彼の美しい黒い瞳には、僕を案じてくれている優しさがこれでもかというほど表れていて、堪《たま》らず僕は激しく首を横に振り、気遣いは無用なのだと伝えようとした。

「いえ、違います！　本来ならそうあるべきなのに、僕ができていないんです。王様は何も悪くありません！　悪いのは……っ」

できていない自分で、と言いかけた僕の唇にマリクの指先が触れる。

「……っ」

不意のことで言葉に詰まり、まじまじと彼を見やってしまった僕にマリクはまたにっこりと微笑むと、ひとこと、

「マリク」

と告げ、唇から指を離した。

「……え……？」

咄嗟のことで意味がわからず、問い返した僕と額をつけるようにし、マリクが囁きかけてくる。

「私のことは『マリク』と呼んでほしい。『王様』などと他人行儀な呼び方ではなく」

「あ……はい」

『他人行儀』も何も他人だし――という突っ込みが頭に浮かんで当然だというのに、焦点が合わないくらいに近づけられたマリクの瞳の煌《きら》めきに魅入られ、まさに頭がショートしてしまい、何も考えられなくなった。

「呼んで、名前を」

少し掠《かす》れた声で囁くマリクの唇にどうしても目が行ってしまう。

「呼んで、ミズホ」

ドキドキと鼓動は高鳴りまくり、頭の中で耳鳴りのような状態になっている。喉がカラカ

ラに渇いてしまい、ごくり、と唾を飲み込んだ、その音がやたらと大きく響くことに堪らない羞恥《しゅうち》を煽《あお》られた結果、マリクの望みどおり彼の名を呼ぶことができた。

「……マリク……」

「ありがとう、ミズホ」

マリクがそれは嬉しげに微笑み、再び、こつん、と僕に額をぶつけてくる。彼の指先が頬へとかかり、更に顔が近づいてきた。

ああ、キスされる——察した瞬間、避けるのではなく自分がぎゅっと目を閉じたことがまず、信じられなかった。その上、マリクがしようとしていたのは、キスではなかった。

「私の願いを叶《かな》えてくれたお返しに、ミズホの願いも叶えたい。いや、私の願いなど関係なく、ミズホの望むこと、望むものを与えたい」

「……え……？」

唇が触れ合うほど近くに顔を寄せ、情熱的にマリクが訴えかけてくる。

「なんでも言うがいい。私はお前に何をしてあげられる？　お前のためならなんでもしよう。ほしいものはなんでも与えよう。キスでも。ハグでも……ああ、キスもハグも私がお前に『与えたい』ものだな。ミズホ、教えてくれ。私は何をお前に与えることができる？」

「………」

じっと僕の目を見つめ、切々と僕に『与えてほしいこと』を問うてくるマリクの顔の向こうに幻の黒川の顔が見える。

重なるも何も、同じ顔、同じ声でも表情が、口調がまるで違うために、どちらがどちらとわからなくなるといった混乱に陥ることなどなかったというのに。

今もマリクの表情はどこまでも慈愛に満ちていたし、僕の欲していることはなんなのかを知りたいと切々と訴えかけてきているその行為そのものも黒川がやるはずがない、どころかこの上なくかけ離れた行為だというのに、なぜだかそのとき僕は、マリクと黒川を重ねてしまっていたようだ。

「……『頑張っている』と……言ってほしい……です」

「なんと?」

ぽろり、と口から零《こぼ》れ落ちた言葉は自分でも思いもかけなかったもので、マリクに驚かれ、なぜそんなことを言ったのかと、自分で自分に愕然《がくぜん》とした。

「あ、いや、その……」

「それでいいのか?」

マリクが不思議そうな顔になり、小首を傾げるようにして問うてくる。

「あ………」

まだ動揺を引き摺《ず》り、喋れないでいた僕の目の前でマリクはふっと目を細めて笑うと、

「なんだ、ミズホは欲がないいな」

そう告げたあとに、密着しすぎていた顔を少し離し、改めてじっと僕の瞳を見つめながら口を開いた。

「お前はよく頑張っている。偉いぞ、ミズホ」

「…………っ」

微笑みながら告げられた彼の言葉が、思いの外胸に響く。胸が詰まり、泣き出しそうになるのを堪えるため唇を噛んだが、込み上げる涙は我慢することができなかった。

「どうした、ミズホ」

いきなり泣き出した僕を見て、マリクが慌てた顔になる。

なんでもない。激しく首を横に振りながらも僕は、もう一度、同じ言葉を告げてほしいと願いを込めマリクを見やった。

「…………ああ、わかった」

声にならない願いであったのに、マリクにはなぜか通じたらしく、笑顔で頷いてみせたあとに僕の背に腕を回し、そっと胸に抱き寄せてくれながら耳許で先ほどの言葉を囁いてくれる。

「お前はよく頑張っている。頑張っているとも」

「う……っ」

こんなことで泣くなんて、子供じゃないんだから、と恥ずかしく思う一方で、自分が黒川から欲していたのはこの一言だったのだと僕は思い知らされていた。

誉められたい、だなんて、それこそ『子供』だ。頑張っていると認められたいのなら、結果を出すしかないことは、社会人二年目の僕でもよくよくわかっている。

だが、黒川から頭ごなしに『なってない』と叱られ、『やる気がない』と呆れられたことが自分で考えている以上に応《こた》えていたのだろう。相手が黒川だというのが殊更、応えた理由ではないかとも思う。黒川が口ばかりの、やかましい上司であるのなら反発もできた。が、普段から『凄い』と思っていた黒川の仕事ぶりを今日一日傍にいることでより一層、思い知らされ、逃げ場がなくなっていただけに、その彼に少しも認められない、駄目だと思われている、と自覚せざるを得なくなり、そのことに耐えられなくなったがゆえに僕は、こんな夢の世界で黒川そっくりのマリクに『頑張っている』と言ってほしい、などという馬鹿げたお願いをしたに違いないのだ。

情けない。自分が本当に情けなくなった。落ち込みが増すと恥ずかしいことに次々涙が込み上げてきて、ますます自己嫌悪に陥ってしまう。

「泣くな、ミズホ。お前は頑張っている。私にはわかるぞ。お前の頑張りが。だから、さあ、泣かないでくれ」

そんな僕に対し、マリクはどこまでも優しかった。何度も何度も僕が望んだ『頑張っている』という言葉を繰り返してくれながら、僕の髪を、背を、優しく撫《な》で続けてくれる。

「さあ、泣かないで」

それでも泣き止《や》まずにいた僕の背からマリクは腕を解くと、少し身体を離し、頬を両手で包んできた。泣き顔を見られるのが恥ずかしい、と俯いた僕の目尻《めじり》に、マリクの唇が触れる。

「……あ……」

涙のあとを辿るかのように、彼の唇は目尻から頬へと順番に下りていった。ちゅ、ちゅ、と細かいキスを何度も繰り返してくれる、その心地よさに、ようやく涙が収まってくる。

「よかった。お前の泣き顔は見たくない。どうか笑っておくれ」

マリクが僕を見下ろし、にっこりと微笑む。黒曜石のごとき黒い瞳に思わず見惚れ、ぼうっとしてしまっていると、マリクのその瞳が細められ、彼の顔が近づいてきた。

ああ、今度こそキスされる――またもそう予感する。そのとき僕は身構えることも、当然避けることもなく、ごくごく素直に自分も目を閉じ、彼の唇を受け止めようとした。

しかし――。

「お時間です」

次の瞬間、不意に光が差したかと思うと、聞き覚えのある声が頭の上から振ってきて、非常に残念な気持ちで僕は目を開け、戻った『現実』の世界を見上げたのだった。

見えるのは開けられたカプセルの蓋の裏面。上から僕を見下ろしているのは、あの美形の受付だった。

「お楽しみいただけましたか？」

にこやかに微笑む受付が僕にすっと、白いハンカチを差し出してくる。

「……え？」

まさか、と受け取る前に自身の頬を触ると、そこにはしっかり涙の痕《あと》が残っていた。

「……すみません」

ありがとうございます、とハンカチを受け取り、それを広げて顔を拭《ふ》く。確かに『夢』の世界で泣きはしたが、現実にも泣いていたのか、と恥ずかしく思っていた僕は、もしや、とあることが急速に気になり、慌てて飛び起きる勢いで身体を起こした。

「どうされました？」

勢いが良すぎたせいか、受付が驚いたように僕を見る。

「あの、夢を見ている間、もしや僕はずっと独り言を言ってたりしませんでした？」

涙もまた現実に流していたのだとすれば夢の中で言った言葉を音声として発しているかもしれない。だとしたら相当恥ずかしいぞと思い、確認を取ったのだが、彼の答えを聞き、安堵することができた。

「ご安心ください。カプセルには防音装置が施されておりますので、外に音声は聞こえません」

「あ、でもその場合、もし、カプセル内でどなたか発作でも起こされたらどうなるんです？」

安堵する一方で、そんな密閉された空間であれば、もし客の心臓が止まったりした場合は三十分以上——一時間コースの場合は一時間そのまま放置されるということだろうか。それはそれで怖いような、と思い、問いを重ねた僕に、受付は面倒がることなく、にこやかに微笑みながら答えてくれた。

「ご心配は無用です。まず、ご気分が悪くなられた場合には、カプセルの蓋でもどこでも叩いていただけましたらすぐさま開けさせていただきますし、それに中のお客様の呼吸や脈拍に急激な変動があった場合にはカプセルの蓋が自動的に開くよう、安全装置が備わっています」

「ああ、そうなんですか」

それなら安心か、と安堵の息をついたあと、そこまで確かめるということは、という自身の意図に気づき、はっとなる。

「気に入っていただけましたようで、よかったです。またのお越しをお待ちしています」

その『意図』は受付にも気づかれたようで、綺麗な顔にまたにこやかな笑みを浮かべると彼は、僕がカプセルから出るのに手を貸してくれた。

「三十分コースですので五千円です。領収証はご入り用ですか？」

支払いの段になり、僕はやはり一時間コースにすればよかったという今更の後悔をしていた。たった二千円であと三十分、マリクと共にいられたのだ。あと三十分あれば果たして何ができただろう。

キスはできた。その先も？　ちょっと待て。その先ってなんだ？

「お客様？」

お札を出したきり、ぼうっとしていた僕は受付に呼びかけられ、はっと我に返った。

「あ、すみません」

「領収証はご入り用ですか？」

再度聞いてくれた彼に「いりません」と答えたあと、他に客もいなかったため、僕は気になっていたことを確かめようと勇気を出して受付に問いかけた。

「あの、前にも聞きましたが、僕が見ている夢というのは、その……どこかで作られているものだったりします？」

「え？」

今までにこやかに答えていた受付の男が、初めて戸惑った顔になる。意味が通じなかったか、と、そう思った過程を僕は彼に説明することにした。

「普通、夢ってそう簡単に『続き』を見ることができないじゃないですか。でも今日見た夢は本当にこの間の続きだった。登場人物も同じです。それって凄く不思議だと思ったんです。もしや、あのカプセルには人の夢を操作できるとか、そういう高度なプログラムが組まれているのかなと……」

カプセルの中にいる人間の呼吸数や脈拍を管理している、と聞いたときに、僕の頭にこの考えが閃《ひらめ》いたのだった。それ以外、夢の続きを見るなんて不可能だと思ったものの、そんな高度なプログラム自体、存在するのかという疑問もある。それで聞いたというのに、受付の男が返してきたのは『答え』ではなかった。

「あれは『夢』ではありません」

「……え？」

意味がわからない。そういえば彼はこの間もそんなことを言っていたが、夢じゃなければなんなのだ、と首を傾げた僕に、男が謎めいた笑みを浮かべ頷いてみせる。

「あなたが属することのできるもう一つの世界……とでもいいましょうか」

「それはどういうことです？」

やはり意味がわからないので問い詰めようとしたが、そのときカウベルの音が鳴り響き、一人の客が入ってきたため、それ以上の会話はできなくなった。

「それではまたのご来店をお待ちしています」

受付の男が丁寧に僕に礼をしたあと、入ってきた客に「いらっしゃいませ」と声をかける。見るとはなしに見やると、その客は少々落ち込んだ顔をした痩《や》せた若い女性だった。

「あの……今日は一時間でお願いします」

ぼそぼそと受付にそう告げながら、ちらと僕を振り返る。しまった、じろじろ見過ぎたか、と反省し、僕は慌てて『酵素バー』をあとにした。

またも『夢のような時間』を過ごすことができた。会社で受けたダメージが、随分と軽減されているのを感じる。

これで明日も頑張れそうだ、と一人頷く僕の口からは、だが、深い溜め息が漏れていた。

どうして二千円をケチってしまったんだろう。

『一時間コース』を選んでいたらあの倍の時間、夢の世界にいられたのだ。受付が一時間コースを勧めてくれたのに、敢えて三十分を選んでしまった自分の馬鹿さ加減に呆れてしまう。

次こそ一時間コースにしよう。よし、と拳を握り締める自分があの『夢』の世界に期待しているものは果たして『癒し《いや》』のみなのか。それについては極力考えないようにしていることに目を瞑りながら僕は、明日も出社した途端待ち受けているであろう憂鬱でしかない現実に対しても同時に、敢えて目を瞑ろうとしていた。

6

翌日、愛姫先生とのアポイントメントは昨日と同じ時間だったが、また手土産を買いに行かされるのではと案じたため、またも無理して九時には会社に到着した。

「おはようございます」

編集部には今日も黒川だけが来ていた。黒川は何時に来たのか、すっかり仕事に没頭している様子だったが、僕が挨拶をするとちらと顔を上げ、

「おはよう」

と一応挨拶は返してくれた。

「あの、今日は手土産は……」

何かいりますか、と聞くと、今日は何も用意しなくていいという答えが返ってきて、なんだ、早く来て損をしたなと僕は内心、溜め息を漏らした。

昨夜も実はよく眠れなかったのだ。目を閉じるとマリクの顔が、優しげな声が浮かんできて、寝ているどころではなくなってしまう。僕は断じてゲイではないはずなのに、彼に抱き締められ、優しい言葉を囁かれると、どうして胸がときめいてしまうのか。鼓動が高鳴り、

想像しているだけだというのに頬に血が上ってくる。

まるでこれでは恋でもしているようだが、夢の世界の、しかも黒川そっくりの、しかも――『しかも』ばっかりだ――同性に、恋などするわけがない。そんなことをぐるぐる考えているうちにあっという間に時間は経ち、夜が白々と明けるころようやく眠りにつけた僕の睡眠時間は今日もとても短かった。

自分の席についたはいいが、何もすることが思いつかず、仕方なく僕は昨日黒川に借りたままになっていた『砂漠の花嫁』を、黒川と共に社を出る時間までまた、読み返していた。

主人公、アシュラフの境遇はマリクとやはり同じである。しかしキャラクターは随分と違った。アシュラフは雄々しい砂漠の王で、傲慢、かつ強引なリーダーシップが服を着ているような男だ。パスポート盗難に遭った日本人写真家のヒロイン玲子《れいこ》の仕事を最初、女子供の手慰み、と馬鹿にし、反発する彼女をじゃじゃ馬と面白がる。

マリクにはこんな、意地の悪いところはなかった。何から何まで優しく、思いやりに溢れている。同じ境遇の王でも性格がこんなに違うなんて――と、気づけば『砂漠の花嫁』ではなくまた、マリクのことを考えていたことに気づき、目が覚めてもこれか、と自分で自分に呆れてしまった。

そうこうしているうちに出発時間はやってきて、またあの憂鬱な時間が始まるのかという気持ちを胸の奥に押し込めると僕は、鞄とコートを手に編集長のデスクへと向かった。

「準備はいいのか？」

編集長が僕に問いながら立ち上がる。

「はい？」

準備ってなんの、との思いから、返事が疑問形となったのを聞き、黒川は一瞬眉を顰めたものの、何をも言うことなく立ち上がった。

机の上にあった書類を鞄に詰め込み、上着とコートを着込む間、僕は手持ち無沙汰《ぶさた》で待っていたのだが、その間中ずっと編集部内の皆が好奇の視線を浴びせていることには当然気づいていた。

新人としての分《ぶ》をわきまえるよう、心がけてきたので、先輩編集とはそこそこ上手く付き合えているはずだった。

担当しているのが愛姫先生であるのをやっかまれることはあるが、皆、僕が実力でその座を得たわけではなくタナボタであるとわかっているため、時折嫌みを言われるくらいで特にあたりがキツいことはない。

だが、一昨日の夜、皆の前で黒川に叱責されて以降、皆の自分を見る目が変わったことに気づかないでいられるわけがなかった。

まだこいつは一人前ではなかった。皆の目がそう言っている。皆からの僕の評価は編集長が僕を糾弾した、そのとおりとなってしまった気がする。

それもこれも黒川のせいだ——と恨むほど、僕も子供じゃない。そもそも僕が間違っていたというのは事実なので、八つ当たりに近いとはしっかり自覚しているが、それでもやりきれない思いは残ってしまった。

「行くぞ」

編集長が僕に声をかけ、そのままドアへと向かっていく。

「行ってらっしゃい」

「行ってらっしゃいませ」

編集部の皆が口々に声をかけたが、その対象は僕ではなく、黒川一人に対してに違いなかった。

昨日同様、地下鉄からJRを乗り継ぎ、吉祥寺を目指す。やはり昨日同様、黒川は電車に乗っている間、僕に対して一言も声をかけようとしなかった。また手持ち無沙汰になったが、やはり何をすることもできず、黒川の隣で緊張に身を竦ませていた。

今日、黒川は昨日のように余裕を持った時間ではなく、ジャスト十二時に愛姫先生宅に到着するような時間配分をしていた。

十二時のアポというと普通は昼食時にかかると思われるだろうが、愛姫先生の生活スタイルが十時起床、十二時から仕事始めと決まっているため、ちょうどいい時間なのだった。インターホンを鳴らすとまた秘書の佐野山が愛想良く応対に出て、黒川を迎えた。

「黒川さん、いらっしゃい。連日いらしていただいて申し訳ないわね」

愛姫もまた、上機嫌だった。今日もまた僕のことなど見えていないように振る舞っていて、わかっていたけどね、と僕は密《ひそ》かに溜め息を漏らした。

「でも、毎日いらしてもらっても、そうそうアイデアは出ないわ。昨日の今日では……悪いんだけど」

愛姫が言葉どおり、申し訳なさそうな顔で頭を下げる。が、黒川は先生に対し笑顔で首を横に振ると、

「いえ、今日は先生に資料をお届けに」

と鞄を手に取った。

「資料?」

愛姫先生が意外そうに目を見開く。

「はい。昨日のお打ち合わせの際、十二月の砂漠の月の見え方について気にされていましたよね。上弦となるのか下弦となるのか。中近東の月についての資料が見つかりましたのでそれをお持ちしたのです。写真もありましたのでもし次回作のお役に立てばと」

「まあ」

差し出された資料を見て、愛姫が感嘆の声を上げる。

「あの打ち合わせで? 私『上弦なのかしら、それとも下弦なのかしらね』って呟いただけ

よね？　なのに？　新作に使うかもわからないのに？」

「ええ、私も気になりましたもので」

興奮した声を上げる先生に対し、黒川が極上の笑顔で頷いてみせる。

あ、マリクだ。

今は愛姫先生との打ち合わせで、とてもそんなことを夢想している場合じゃないのに僕は、黒川の優しげな笑みにマリクの顔を重ねてしまっていた。

「さすがだわ。もう、舞台は決まったわ。十二月の砂漠よ。クリスマスの時期、ニューヨークで愛を失ったヒロインがクリスマスのない世界に行きたいと飛行機に乗るの。ああ、構想が湧いてきたわ！」

愛姫先生の興奮した声に、一人の思考の世界に飛んでしまっていた僕の意識が戻る。

「やっぱり伝説の編集ね。ねえ、ヒーローだけど、アラブの王様というのはワンパターンかしら。今度は王子にしようかしらね」

「王か王子か、ということではなく、キャラクターに変化を持たせたほうがいいかと」

「……っ」

結構キツいことを言ってないか？　と、ぎょっとしたのは僕だけで、先生は心底納得したように、

「やっぱりそうよね……」

と頷いていた。

「男らしいことがよしとされているとなると、どうしても傲慢、とか、強引、とかになりがちだけど、いっそ包容力に重きを置いてみる……とか？　ああ、でも、読者がシークものに求めているヒーロー像とはかけ離れたりしないかしら」

「読者が求めているのは愛姫先生の小説であって、世間一般のシークものではありません」

きっぱりと言い切る黒川は、僕の目から見ても頼もしかった。

「黒川さんにそう仰ってもらえると心強いわ」

愛姫も頼もしく感じたらしく、うっとりした視線を黒川に向けている。

「包容力、いいと思います。年齢はいくつくらいにしましょう。ヒロインとのバランスも考える必要がありますね」

「そうねえ……ああ、そうだわ。包容力はあるけれど年下、というのは面白いかもしれないわ。普通、年下だったら傲慢になるでしょう？　今回はヒロインが恋と仕事に疲れた三十代、包容力溢れるヒーローは二十代……十代でもいいかな。若き王子。どうかしら？」

「いいと思います。先生の新境地になりそうですね」

「新境地ってほどではないわよ」

また、僕は蚊帳の外に置かれていたが、そのことに落ち込むより前に僕はただただ、驚いてしまっていた。

こんなに生き生きとした愛姫先生を見たのは初めてだった。僕の前の先輩編集に対しても、こうも目を輝かせたことはなかったと思う。

打ち合わせに二、三度同席したことがあるが、こうして編集と共に作品を作り上げていく、といった空気を感じたこともなかった。

これが『伝説』ということなのか。凄いな、とただただ感心しているうちに、あっという間に約束の一時間半が過ぎた。

「それではまた参ります」

愛姫先生宅を辞すとき先生はなんと玄関まで僕らを——否、黒川編集長を見送ってくれた。

「楽しみにしているわ」

「失礼します」

「失礼します」

黒川に倣い僕も深く頭を下げたが、相変わらず愛姫先生の視線は僕に向くことはなかった。

帰りの電車は空いていて、僕たちは並んで腰掛けることができた。

「愛姫先生、上機嫌でしたね」

阿《おもね》ろうと思ったわけではなく、心の底から芽生えた感想として口をついて出た言葉だったというのに、それに対する黒川のリアクションは僕に対し、非常に厳しいものだった。

「なぜだかわかるか？」

「え？　それは……」

まず理由を問われ、答えに詰まるとすかさず説教が始まる。

「今日、俺が用意した資料はお前にも用意できたはずのものだ。同じ打ち合わせに出ていたからな。お前は何か用意したか？」

「いえ、その……」

まさか自分に矛先が向くことまでは予想していなかったため、ますます言葉に詰まった僕に対し、黒川が与えたのは聞こえよがしな溜め息のみだった。

「少しは『考える』ことを身につけろ」

吐き捨てるようにそれだけ言うと、あとは口を閉ざし、帰社するまでの間、黒川は何も喋らなかった。

彼が言いたいことは勿論、僕も理解していた。要は条件は同じだったのだから、お前にもできたはずなのに、お前は何もしていないだろうと僕を責めているのだ。

それができなかったのは、打ち合わせに身を入れていなかった証拠だ。そう宣言されたのと同じだ。だがいくら身を入れていようとも、僕には無理だとしか思えず、そんな自分にますます自己嫌悪の念を抱いてしまっていた。

そもそも、能力が違い過ぎるのだ。僕も月のことは覚えていたが、調べるという方向に思考はまったく働かなかった。それができるのが黒川で、できないのが僕だ。だから僕は駄目なのだ。思いつくか思いつかないかが、仕事ができるできないの分かれ目なんじゃないかと思う。

どうすれば『思いつく』ようになるのか。訓練次第か、それとも生まれ持っての資質か。訓練でなんとかなるならいい。だが資質だったら努力のしようがないじゃないか。

心の中でそんなことをぶつぶつと呟いていた僕は、何から何まで言い訳だ、とまたも自己嫌悪に陥った。

落ち込んでばかりはいられない。今叱られたばかりだし、ちょっとは『考える』ことにしよう、と、今日の打ち合わせに思考を戻す。

一応僕も身を入れて聞いていたつもりだが、何か資料を集められそうなネタは特に出なかったように思う。

しかし年下の包容力溢れる主人公、というのは今まで愛姫先生があまり書いていないタイプだった。当たるんだろうか。と、ちらと横に座る黒川を見る。

確かに『砂漠の花嫁』とはテイストがまったく被っていないが、読者が愛姫先生の作品に望んでいるのは、傲慢で男らしい男主人公じゃないんだろうか。だがそんなことを口にする勇気などあろうはずもなく、僕は、まあいいか、と自身の考えをこっそり胸の奥へと押し戻した。

次作の担当は黒川だ。僕も一応名前だけ連ねているが、今のところ何もできていない。もし失敗したとしても、黒川もさすがに僕に責任を取らせやしないだろう。それならまあ、売れなくてもいいか。

我ながら責任感がないことを考えていたそのとき、不意に黒川が話しかけてきたものだから、まさか黒川は僕の頭の中が覗けるのかとびびってしまった。

「白石、お前、帰社後は何をするつもりだ？」

「え？　あの……」

答えようとしたが、実際、何をやろうとはまったく考えていなかったので言葉に詰まる。と、そんな僕を見て黒川は呆れたように溜め息を漏らすと、凄い早口でいきなり喋り始めた。

「やることが思いつかないのなら『イングリッシュ・ガーデン』『甘い夜の月』『マンハッタンに抱かれて』を読め」

「あ、はい。わかりました」

慌てて手帳を開き、必死でメモを取る。今言われた三冊が、愛姫先生の著書だということはわかっていた。が、どれもシークものとは思えないタイトルである。なんだってそんな指示を、と聞いてみたかったが、黒川はスマホでメールのチェックを始めてしまい、とても聞けるような雰囲気ではなかった。

帰社すると黒川のデスクには山のように電話メモが置かれていたが、僕の机は綺麗なものだった。メールチェックをしたが、同期の山田から、この間の面子でまた合コンをやるので来ないか、という誘いくらいで、仕事をしている人間としていない人間の差をまた、まざまざと思い知らされた。

ヒラの編集と編集長で比べてみても仕方がない。キャリアだって十年違うんだ。頭ではそうわかっているが、果たして十年後に自分が黒川のような仕事ができるようになっているかと考えると、とても『なっている』とは思えない、としか答えられないことに焦りを感じてしまう。

現に僕は昨日の打ち合わせでも今日の打ち合わせでも、何か愛姫先生のために資料を用意せねば、と思いついたことは一つもなかった。漫然と座についていたわけではない——と思いたいが、結果としてはそうなってしまっている。

次の打ち合わせは来月だった。それまで何をしたらいいか、皆目見当がつかないというのが現状なのだ。本当に情けないことこの上ない。

落ち込んでしまいながらも僕は、何をすればいいのかわからないとなるともう、黒川の命令に従うしかない、と、彼に言われた本を探すために編集部の書棚、愛姫先生コーナーへと向かった。

過去作品を読むことが打ち合わせの役に立つのだろうか。被っていないか、確認するためか？　そう考えながら、言われた三冊を求め、書棚に目を走らせる。

書名順ではなく発行順に並んでいたため、少し手間取りはしたが無事に三冊を見つけると、それを手に僕は自席へと戻り、言われた順番どおり『イングリッシュ・ガーデン』から読み始めた。

英国貴族の館の薔薇《ばら》園を取材にきた雑誌の女性記者が、薔薇園の持ち主である伯爵相手に恋に落ちる、というストーリーだが、やはりシークとはまるで関係ないように思える。

ザッと読んだあと、二冊目の『甘い夜の月』に入る。これはパティシエとハイミスの話だったが、これもまたシークとは関係ない——と読み進めるうちに、ようやく黒川の意図がわかってきた。

どちらも男が年下、そして包容力のある性格をしているのだ。気づいたと同時に僕は慌てて一冊目に戻り、最初から身を入れて読み始めた。

年下の伯爵は、女性記者がどんな失礼なことを聞いても怒らない。それどころか女性記者のすべてを受け入れ、何か自分に与えられるものはないかと逆に問うてやっている。

読みながら僕はふと、昨夜見たマリクの夢を思い出してしまっていた。

『なんでも言うがいい。私はお前に何をしてあげられる？　お前のためならなんでもしよう。ほしいものはなんでも与えよう。キスでも。ハグでも……ああ、キスもハグも私がお前に「与えたい」ものだな。ミズホ、教えてくれ。私は何をお前に与えることができる？』

まさに『これ』だよなあ。伯爵の台詞《せりふ》を読む僕の口から、はあ、と思わず大きな溜め息が漏れてしまった。

「どうしたの？」

隣から先輩の三浦《みうら》に声をかけられ、はっと我に返る。

「いえ、その……いい台詞だなあ、と……」

慌てて誤魔化すと、三浦は、

「ああ、『イングリッシュ・ガーデン』ね。懐かしいわ。伯爵のキャラがよかったわね」

と話に乗ってきた。

「台詞ってもしかして『お前の望むことならなんでもしてあげる』的なやつ？」

「三浦さん、よく覚えていますね」

まさにその通りだったので、僕は驚きの声を上げたのだが、

「何言ってるの。定番じゃない」

と逆に驚かれてしまった。

「『イングリッシュ・ガーデン』といったら愛姫先生の初期の代表作で、その男主人公は随分人気高かったのよ。さっきの台詞は帯にも書いてあるでしょう？」

「あ……」

確かに帯にはその台詞が書かれていて、僕は非常にいたたまれない思いに陥ってしまった。

「愛姫先生の担当だったら、『イングリッシュ・ガーデン』の主人公の台詞くらい、頭に入れておいたほうがいいわよ」

三浦は少々呆れ顔でそう言うと、自分の仕事に戻っていった。

「はい……すみません……」

彼女に頭を下げながら、僕はまた周囲の視線が自分に集まっているのを感じずにはいられなかった。

駄目だな、こいつは――。皆が皆、そう思っているように感じられる。否、僕が感じている以上におそらく皆は僕のことを駄目だと思っているに違いない。

愛姫先生の著作は一応、全部目を通した。だが殆ど頭に残っていないという現状を鑑《かんが》みるに、本当に僕は『目を通した』だけだったのだ。

もっと身を入れて一冊一冊読むべきだったんだよな、と今更の反省が重く胸にのし掛かってくる。ああ、と思わず溜め息を漏らしそうになったが、溜め息をつく暇があったら読めということだよな、と気力で気持ちを立て直し、その後は自分なりに身を入れて先生の著作三作を読み返した。

主人公の台詞や性格に気になったところがあると、ノートに書き出してみる。三人の男主人公は皆、包容力に溢れていたが、優しさの表れ方がそれぞれに違うことに気づいたときには、さすがだな、と感心してしまった。

相手の我儘《わがまま》を受け止め、なんでも許す男。相手のすることがどのようなことでも可愛く感じ、更に甘やかしたがる男。きつい言葉は使わないものの、相手の過ちは過ちと認めさせ、正しい方向へと導こうとしてくれる男――三者三様の包容力だな、とそれぞれのキャラクターについて比較をしていた僕の脳裏に、また、不意にマリクの顔が浮かんできた。

『泣くな、ミズホ。お前は頑張っている。私にはわかるぞ。お前の頑張りが。だから、さあ、泣かないでくれ』

マリクは――どのタイプだろう。

最初の伯爵が近いかな、と『イングリッシュ・ガーデン』をまた開いてみる。女性記者を抱き締め、自分がすべてを受け止める、と告白をするこのシーンはやっぱりいいよなあ、と読み耽《ふけ》ってしまいながらも、ふと気づくとマリクのことを思い出している自分がいて、いい加減、仕事に集中しなければ、と僕は何度も自身を叱咤しなくてはならなかった。


夜になり、三冊の本を読み終えたあとに、それぞれの主人公について違いや特徴をまとめてしまうと、それ以上、何をしたらいいのかわからなくなった。

ちらと黒川のデスクを見ると彼は、忙しそうにどこかに電話をかけている。愛姫先生とは関係がなさそうな内容だったのと、そろそろ会社を出たい時間だったため、僕は机を片付けると周囲に「お先に失礼します」と声をかけ、オフィスを出た。

なぜ僕が午後八時というこの時間に社を出たかったかというと、また、『酵素バー』に行ってみたくなってしまっていたからだった。理由はおそらく、黒川に読めと指示された愛姫先生の著作三冊で、包容力に溢れる主人公たちと向き合っているうちに、『本物の包容力』と実際向かい合いたくなってしまった――というわけだった。

夢の中で向き合うので『実際』というのは語弊があるかもしれないが、この際細かいことはどうでもいい。

昨日同様、サブウエイで軽く食事をとったあと、僕はまた『酵素バー』へと向かった。

昨日、他の客を見たから、ということもあるが、カプセルがあの一つしかないと先客があったら最長一時間待つ必要がある。待ちたくなかったため、今日は店に電話を入れ、二十一時に一時間の予約を取った。

予約の時間より十分早く到着したが、運のいいことに先客はおらず、すぐにカプセルに案内してもらった。

「気に入っていただけたようですね」

三日も連続して通っているのだからそう思われても仕方がないが、実際口にされると酷く照れくさいものを感じたのは、『気に入った』夢の内容が内容だからに違いない。

「あ、いや、その、まあ……そうですね」

しかし『そんなことはない』というのも店の人に失礼ではあるし、しかも少しの説得力もないことがバレバレなので適当に誤魔化しながら僕はカプセルに入り、仰向《あおむ》けに横たわって受付が蓋を閉めるのを待っていた。

「それでは、いってらっしゃい」

受付がにっこりと、優しげな笑みを浮かべ僕を送り出してくれる。

いってらっしゃい——夢の世界へ。

ああ、またマリクに会える、と思うと鼓動が高鳴るのがわかった。いつものように意識が混濁していく。

あれ？　昨日の続きだと僕はマリクの胸で大泣きしたそのあとということか⁉　ちょっと照れくさいんだけどなあ。

そんなことを考えている間に睡魔が襲ってきて、そのまま僕は深い眠りの世界に落ち込んでいった。


「……ホ？　ミズホ？」

頬を軽く叩かれ、はっと目覚める。

やった、続きだ——目に飛び込んできたマリクの心配そうな顔を見上げた瞬間、嬉しさのあまり思わず笑みが零れてしまうと、マリクが安堵したように微笑み、僕に額を軽くぶつけてきた。

「大丈夫か？　不意に意識を失ったものだから驚いたぞ」

「あの……僕はどのくらい？」

マリクの腕の中で周囲を見渡し、ここが昨日いた彼の部屋だということを確認する。しかし考えれば考えるほど不思議だ。どうして夢の続きが見られるんだろう。もしそれで特許でもとれれば大儲《おおもう》けができるんじゃないかな、などと、夢があるとはいえない下世話なことを考えていた僕はマリクにまた両頬を挟まれ、はっと我に返った。

「ほんの数秒だ。ミズホ、涙は収まったようだな？」

「……あ……すみません、恥ずかしいところをお見せしてしまって……」

マリクが僕の瞳を覗き込むようにして微笑みかけてくる。彼の少し潤んだ黒い瞳の煌めきに目を奪われそうになりながらも、よく考えれば――考えなくても――大の大人が、しかも男が、人前で泣くなんて恥ずかしかったよな、と今更の羞恥を覚え、頭を下げようとした。が、両手で頬を挟まれているため俯くこともできない。そんな僕にマリクは、こつん、とまた額を合わせると、問題ない、というように首を横に振ってみせた。

「恥ずかしくなどない。私はどのようなミズホも大好きだ。ただ、泣いている顔より笑っている顔のほうを見ていたい。ミズホには常に、幸せを感じていていてほしいのだ」

うわあ――。

マリクの優しすぎる言葉を、あまりに近距離から、そしてあまりに情熱的な口調で聞くうちに、僕の頬は真っ赤になってしまっていた。

恥ずかしい――という以上に、嬉しい。嬉しすぎる。同性だろうが、顔が黒川とそっくりだろうが、僕のことをこうも想ってくれているということをこれでもかというほど思い知らされ、叫び出したくなるほどの喜びが胸の奥から込み上げてくるのがわかった。

「どうした？」

黙り込んだ僕の目の前で、マリクが少し心配そうに眉を顰める。瞳の輝きに翳《かげ》りが見えたのがわかり、案じてもらう必要はない、と僕は慌てて己の想いを言葉に出して伝えることにした。

「ごめんなさい、嬉しくて……嬉しすぎて、言葉にならなかったんです」

「ミズホ、なんと可愛らしい」

途端にマリクの瞳の翳りは消え、彼の顔が嬉しげな笑みに綻《ほころ》んでいく。花のように笑う、という表現がぴったりくる華やかな、そして美しい笑みに思わずぼうっと見惚れてしまっていた僕は、マリクの唇が瞼に落とされたのに、はっとし彼を見やった。

「可愛いミズホ。何か他に望みはないか？　今宵はお前のためにどんな望みも叶えたい」

「そんな……もう、充分です」

こうして近く顔を寄せ、優しく微笑んでもらえているだけでもう、本当に充分です。お腹いっぱいです。

心の底から僕は現状に満足していたのでそう告げたのだが、マリクはどうも僕が遠慮していると思い込んでしまったらしく、

「なんでも言うがよい」

と尚も希望を聞いてきた。

「そう……ですね……」

僕はマリクに何をしてもらいたいか。また、先ほどのように優しい言葉を囁いてほしい。頬を包む手は恥ずかしいから退《ど》けてほしいかな。そういや今日はまだキスをしていない。キスしてほしい――とか？

「……え……」

自身の思考が暴走していることに、ここでようやく僕は気づき、そんな馬鹿な、と思わず声を上げてしまった。

「ん？」

マリクがにっこりと目を細めて微笑み、僕の目を覗き込んでくる。

「ええと、その……なんでもないです」

キスしてほしいって、一体なんんだ。僕はゲイじゃないはずだ。マリクとキスするのは、別

に嫌ではなかったけれど、してほしい、というのはちょっと違うぞ？　ではしてほしくないかとなると――うん、やっぱりしてほしいかも。え？　してほしいのか？　それは本当に僕の望みなのか？

「…………」

考えるうちにすっかり混乱してきてしまい、頭を抱えそうになる。自分で自分の思考がまったく理解できない。本当に僕はマリクとキスがしたいのか？　いや、まて。そもそも僕が今日、酵素バーに来たのは夢の続きを見るためだった。その『続き』がキスだったんじゃ？

そんな――。そんな馬鹿な。

『馬鹿な』といくら思っても、それが『答え』であるとしか思えないということに気づき、愕然としていた僕の耳にマリクの、

「よし、わかった」

という明るい声が響いた。

「ミズホは奥ゆかしいのだな。それなら私がそなたの望みそうなことを考えよう。それでいいか？」

「え？　あ、はい……」

まだ動揺していたため、深く考えずに頷いてしまった僕の目の前、マリクが嬉しげに微笑

むと、目を輝かせ喋り始める。

「そうだな。ミズホが今望むことは……ふふ、わかった」

言いながらマリクがゆっくりと顔を近づけてくる。

見抜かれた。キスをされたいと——ちょっと恥ずかしいけど、やはり嬉しい、と目を閉じた、その瞼にマリクの唇を感じた次の瞬間、僕は彼に手を引かれ立ち上がっていた。

「今宵、砂漠には美しい上弦の月がかかっている。我が国の言い伝えに、愛し合う者同士が共に上弦の月に願いをかけるとその願いが叶うというものがあるのだ。さあ、これから共に願いをかけに行こう」

そう言ったかと思うとマリクは、「ラヒム！」と奥に向かい声をかけた。

「ミズホにカフィーヤと何か羽織るものを。これから二人、砂漠に月を見に行く」

「なんと。先ほど砂漠から戻られたばかりでしょうに」

呆れた声を上げながらもラヒムは言われたとおり、少年たちに指図し、僕にアラブ服を羽織らせ、頭にはスカーフのようなもの——これがカフィーヤというらしい——を被らせた。

「先ほどは月を見る余裕もなかったのでな」

「なるほど。今宵は美しい上弦の月でしたね」

笑顔で会話を交わす二人の口から『上弦の月』という単語が出るたび、脳裏に『現実』がちらちら顔を覗かせていたのだが、僕は必死でそれに気づかぬふりを貫いていた。

「仕度はいいか？　行くぞ」

マリクが愛しげに僕を見つめて微笑み、手を差し伸べてくる。彼の笑顔に黒川の、愛姫先生に向けられた笑顔が重なって見え、いやだ、と僕はつい、首を横に振ってしまった。

「どうした？　ミズホ」

マリクに問われ、はっと我に返る。何を考えているんだ。彼は黒川じゃない。マリクだ。彼の笑顔は間違いなく僕に向けられたものだ、と慌てて僕は「なんでもありません」と笑うと、マリクの手を取り彼と共に宮殿の外へと向かった。

アスワドという、マリクの愛馬に二人で跨《また》がり、砂漠に向け走り出す。風が少し冷たく感じることに僕はちょっと驚いていた。最初にこの『夢』を見たときには、気温差などまるで感じなかったためだ。

「寒くはないか？」

「はい。寒くないです」

マリクに問われ、そう答えたというのに、マリクはまた僕が無理だか遠慮だかをしていると思ったようで、前に座らせた僕の腹に回した腕にぐっと力を込め、身体同士が密着した状態を保ってくれた。

やがて辺り一面、砂の世界が目の前に開けてくる。

「あ」

それまでは建物に隠れて見えなかったのだが、遠く前方に、大きな上弦の月がかかっているのがようやく僕の目に映った。

「本当に……今宵の月は美しい」

耳許でうっとりしたマリクの声が響く。

「美しいですね」

実際、真っ暗な砂の世界の向こう、上空に輝く上弦の月は、冴え冴えとして本当に美しかった。

「ミズホ、そなたと見るから、ああも美しく見えるのだ」

マリクはそんな、嬉しすぎる言葉を告げてくれたあと、振り返った僕に向かい、にっこりと微笑みかけてきた。

「共に祈ろう。我々の幸せを」

マリクの手が僕の手を包み、ぎゅっと握り締めてくれる。

「……はい……」

僕もまた、マリクの手を握り返すと、マリクは嬉しそうに笑ったあと、その手で僕の頬を包んだ。

更に後ろを向くように促されたところに、背後から身を乗り出してきた彼に唇を塞がれる。

「ん……」

ああ、彼の唇はなんて温かく、そして優しいんだろう――。

唇を重ねながら薄く日を開いたその視界の隅に、上弦の月が宿る。

夜の砂漠。逞しいシークの優しいキス。美しい上弦の月。

今夜のことを僕は一生忘れない――なぜだか込み上げてきた、自身にも説明のつかない涙を堪えつつ、マリクの力強い腕が僕を抱き寄せるのに身を任せ、彼の舌が口内に侵入してきたのに僕もまた舌をからめていこうとしたそのとき――。

「お時間です」

眩しすぎる光と共に、聞き覚えのある――でもできればまだ聞きたくなかった受付の男の声がし、僕の『夢』はここで終わった。

「…………一時間……でしたよね？」

早いんじゃないか？　という思いがつい、口をついて出てしまう。

「はい、ジャストですよ」

受付は少しも気を悪くした素振りを見せず、ちら、と部屋の時計を目で示してみせた。見上げた時計は確かに二十一時五十分で、カプセルに入ってからちょうど一時間だという時刻を指していた。

「すみません、その……」

文句をつけたわけではないのだ、とカプセルを出、支払いをしながら僕は受付の男に詫びた。臍を曲げられ、予約が取りにくくなったらマズいと思ったからだ。

「お気になさらず。それだけ私どものカプセルを気に入ってくださったということだと思っておりますので」

受付は気を悪くしたふうもなく、そんな優しい言葉を告げたあと、いつものように、

「またのご来店をお待ちしています」

と頭を下げ、僕を見送ってくれた。

外に出た僕はつい、空を見上げてしまった。が、当然ながら上空には月など見えない。ネオンの明かりのせいで星すら見えないやと溜め息をつき、俯いた僕の耳にマリクの声が蘇る。

『共に祈ろう。我々の幸せを』

恋人同士が上弦の月に願いをかけると叶うという。もし本当に願いが叶うのだとしたら、今すぐにもあの『夢』の世界に、マリクの腕の中に立ち戻り、あの『続き』を見せてほしい。

自分がなんとも馬鹿げた『願い』を抱いているという自覚はギリギリ、抱いていたものの、それでも実現を願わずにいられなくて、見えもしない上弦の月を求め上空を見続けてしまう。

ああ、今こそ僕は認めざるを得なくなった。

僕は確実に——マリクに恋してしまっていた。

7

翌日、僕が出社したのは午前十一時直前だった。

「おはようございます」

挨拶《あいさつ》をし、席に着こうとしたところ、黒川《くろかわ》から早速会議室に呼び出されてしまった。

「あの……」

叱責《しっせき》だろうか。朝、遅く来たからか？　でも始業時間には遅れていない。それに今日は愛《あい》姫《き》先生とアポは取っていなかったし、と、必死で呼び出しの理由を考えていた僕の前に、黒川がばさっと書類を置く。

「あ」

これは——書いてある文字を見て僕は思わずそれを取り上げてしまった。

「ああ、そうだ。愛姫先生のプロットだ。それを読んでどう思う？」

黒川が淡々と問いかけてくる。

「あの……今、ですか？」

思わず問い返してしまったのは、黒川が席を立つ気配がなかったためだった。まさか彼の見ているのにプロットを読み、感想を述べろとでも言うのだろうか。

そんな、無理だ、と思っていたのに、黒川の答えは、

「早くしろ」

という一言と、きつい一睨《ひとにら》みだった。

「……すみません、じっくり読みまして、あとから感想を編集長に……」

伝えたいのですが、と、なんとか勇気を振り絞り、僕は黒川に訴えかけた。今、ここで読んだとしても少しも頭に入らないことは間違いないし、即座に感想を言えと言われても上手《うま》い言葉は一つも出てこないとわかっていたためだが、それを聞き、黒川はますますむっとした顔になったかと思うと、更にきつい語調で話し始めた。

「愛姫先生にはプロットの返事を待たせてはならないと言ったのはお前だ。そのプロットは今日の午前三時に届いた。愛姫先生にしてみたら送って八時間も経《た》っている。だから早く読め、と言っているんだ」

「は、はい……っ」

午前三時――ということは、もし僕が昨日のように午前九時に来ていれば、二時間は早く返事ができたのだから、早く読め、と言いたい黒川の意図がわかったため、僕は慌てて手にしていたプロットに目を通し始めた。

新しいプロットは、この間の『砂漠の恋人』の劣化版とはまるで違う、愛姫先生がノリノ

リで書いたのではと思わせるものだった。

打ち合わせのときに言っていたとおり、ヒロインはニューコークで不倫の恋と仕事から抜け出したいと願うキャリアウーマン、ヒーローは砂漠の国の若き王子で、二人の出会いはニューヨークである。

やがて舞台は王子の国へと移り、そこで二人は結ばれる。ヒーローは最初から最後まで包容力の塊で、ヒロインのいじけた心をその優しさで解いていき、ヒロインは年下であることや住む世界が違うことに戸惑いを覚えながらも、海のように広い王子の愛に幸せを見出《みいだ》す、というストーリーで、キャラクターに魅力はあるし、ヒロインの不倫相手や、担当していた仕事が本筋に上手く絡んでくるし、これはいい作品になりそうだという予感が嫌でも湧《わ》いてくる、そんな素晴らしいプロットだった。

「凄く……凄く面白いと思います！」

思わず声が弾んでしまう。黒川が渡した『上弦の月』ネタも話の重要な部分に組み込まれていて、そのおかげでこの話がよりロマンティックなものになっていた。そのことも告げよう、と息を吸い込んだとき、目の前の黒川の冷たい声が室内に響いた。

「お前の感想を俺に聞かせてどうする」

「えっ」

すっかり興奮していた僕は、不意に冷水を浴びせられたような気持ちに陥ってしまった。

「あの……」

「お前が感想を言うのは愛姫先生だ。ＯＫを出すのもな」

黒川が淡々とした口調でそう言い、立ち上がろうとする。

「あ、あの」

慌てて言い縋《すが》ろうとした僕に黒川は、更に高いハードルを示してみせたのだった。

「当然、メールではなく電話で、だ。十二時になったらすぐにかけるんだ。いいな？」

「あの、無理です」

このまま部屋を出ようとする黒川の背を僕は大声でそう叫ぶことで呼び止めた。

「無理？」

黒川が険悪な表情となり僕を振り返る。怖い、とその顔に臆《おく》しそうになりながらも僕は必死で何が『無理』かを――当然、黒川にはわかっているはずだがと思いつつも訴えかけた。

「はい、無理です。先生は僕のことをまだ怒っていると思いますし、電話をしても応対に出てもらえないのではないかと。僕より編集長が連絡をされたほうが先生も喜ぶし、話もスムーズに進むんじゃないかと……」

「愛姫先生の担当は誰だ？　お前だろうが」

だが黒川はそれだけ言うと、あとは僕が何を言おうがそのまま部屋を出ていってしまった。

「編集長！」

呼びかけた僕の声が空《むな》しく室内に響く。

なんだって黒川はこんなに僕に厳しいんだ。打ち合わせで同席しているとき、愛姫先生が一度たりとて僕を見たことがないってことに、彼が気づかなかったわけがないのだ。

何より僕は愛姫先生から担当変更を申し渡されている。今回、黒川が一緒にやるからなんとか同席を許してもらえているのだ。それなのに僕から連絡、しかもいつものようにメールですませるのではなく電話でなんて、無理に決まっていた。

だが編集長命令に背く勇気はない。どうせ愛姫先生には電話に出てもらえないに違いない。応対に出てもらえなかった、と報告すれば黒川も諦《あきら》めるだろう。二度手間になるが僕のせいじゃない。

「……なんだかな……」

逃げ道ばかり考えている、という自覚があるだけに、やはり自己嫌悪に陥っていた僕は、つい、溜《た》め息《いき》を漏らしてしまった。

まったく、現実の世界はつらいことばかりだ。黒川の僕への仕打ちは意地悪か、はたまた嫌がらせとしか思えない。『厳しい指導』のつもりなんだろうか。部下の指導も大事だが、一番大事なのは作家に気持ちよく作品を書いてもらうことじゃないのか。

わかってないいんじゃないか？　――なんてことは当然、本人にぶつけられるようなことではないので、僕は仕方なく席に戻ると十二時を待ち、なった途端に愛姫先生に電話を入れた。

秘書の佐野山《さのやま》が応対に出たので取り次ぎを頼む。一分以上待たされたあと、保留音が途絶えたが、聞こえてくるのは佐野山の声だとばかり僕は思っていた。

『愛姫ですが』

なので電話の向こう、不機嫌であること全開の愛姫先生の声が聞こえてきた途端、頭の中が真っ白になり、一瞬言葉が遅れてしまった。

『ご用件は？』

愛姫先生がますます不機嫌そうな声でそう問いかけてくる。いけない。しっかりせねば、と僕は慌てて受話器を握り直すと、咳払《せきばら》いをし、用件を話し始めた。

「あ、あの、プロット拝読しました。素晴らしかったです。キャラクターも、ストーリーも！」

『あらそう。ではオッケーね』

伝えたいことは山ほどあったが、愛姫はそう返事をすることで僕から言葉を奪った。

「あ、はい」

『わかったわ。いつもどおり、メールでの返事でよかったのに』

愛姫は愛想なくそう言うと、『それじゃあね』と電話を切ってしまった。

「あ、あの……っ」

ツーツーという音が受話器から響いてくる。切られてしまったが用件は終わった、と僕もまた電話を切ると、報告をするため黒川のデスクへと向かった。

「あの、編集長」

「愛姫先生と連絡はとれたか」

声をかけると黒川はじろ、と僕を睨むようにし問いかけてきた。

「はい。プロットOKとお伝えしました」

「……伝えたのはそれだけか？」

黒川の眉間《みけん》の皺《しわ》が深まる。

「その……あまり話を聞いてもらえなくて……」

事実ではあるが、ちょっと言いつけるようで気が咎《とが》める。それで声が小さくなってしまったのだが、二人のやり取りに周囲が聞き耳を立てているのがわかった。

また、馬鹿にされるのだろう。もう、好きなだけ馬鹿にしてくれ。半ば自棄《やけ》になりつつ報告をした僕を黒川は『蔑《さげす》んでいる』としか表現できない目で見たあと、

「あのプロットを読んでお前が感じたことを洗いざらい、メールでいいから愛姫先生に送っておけ」

そう告げ、またパソコンの画面に視線を戻した。

「わかりました……」

送ったってどうせ、読んではもらえない。返事をする僕の頭に真っ先に浮かんだのはその考えだった。

が、それを見透かされたかのように再び黒川に睨まれてはやらざるを得ず、僕はとぼとぼと席に戻ると、愛姫先生に送るメールの下書きを始めたのだった。

プロットを読んで感じたこと。まず、素晴らしいと思ったので、その素晴らしさを列挙する。しているうちになんだか太鼓持ちのような気持ちになってしまい、やりすぎか、と反省してまた文章を練り直す。

そうこうしているうちに時間はあっという間に経ち、夕方、ほぼ終業時刻になり僕はようやく愛姫先生へのメールの下書きを仕上げると、これを送って大丈夫だろうか、と不安になったため、一応黒川にお伺いを立てることにした。

「すみません……」

席にいた彼に、打ち出したメールの紙片を差し出す。

「なんだ？」

「編集長に言われた、愛姫先生へのメールなんですが、これでよろしいでしょうか」

「……まだ送ってなかったのか」

黒川は心底呆《あき》れた顔になったものの、すぐに僕が渡した紙を読み始めた。

「…………」

次第に彼の眉間の縦皺が深くなっていくのを眺める僕の胃袋が、キリキリと痛みを訴え始める。

「……あの……」

読み終わったあと、黒川は深い溜め息を漏らし、僕を見た。駄目出し満載の予感がし、身構えた僕に対し、黒川が渡した紙をばさりと机の上に置く。

「いいんじゃないか？」

「えっ？」

投げやりな口調が気になり、僕は思わず疑問の声を上げてしまった。

「あのプロットを読んで、お前はこう感じたということだろう？　別に俺の許可を得るまでもない。早く愛姫先生に送ればいいいじゃないか」

「あ……あの……それは、送っても大丈夫ということでしょうか。それとも……」

お話にならないほど酷《ひど》い、ということじゃないですよね、と聞きたかったのだが、黒川の答えは、

「お前がこう感じたのならいいんじゃないか」

という、やはり突き放したものだった。

冷たいじゃないか——メールしろと言われたから一生懸命考えたのに、内容についてのチェックはしないという。自分で判断しろ、ということなんだろうが、判断できないから見てもらいたいと思ったのに、突き放すなんてやはり冷たすぎるんじゃないかと思えてしまう。

マリクは違う。本当にどこまでも優しく僕の話を聞いてくれ、僕の望みを叶《かな》えようとして

くれた。同じ顔をしているのに二人の性格は正反対だ。少しくらいマリクの優しさがあってもいいんじゃないか——憤るままにそんなことを考えていた僕は、はっと我に返った。

『マリク』は夢の世界の登場人物で、黒川と同じ顔をしてはいるがまったくの別人である。なのに二人を比較すること自体、どうかしている、と反省し、まずはメールを愛姫先生に送ると、マリクのことは頭から追い出し、これからどうすればいいのかと愛姫先生のプロットを再び読み始めた。

次の打ち合わせまであと約ひと月。書き始めるにあたり、何か資料が必要になってくることはないだろうか。文面を目で追う僕の脳裏に、追い出したはずのマリクの笑顔が蘇《よみがえ》る。

今日もいってみようかな。

四連ちゃんというのはどうなんだ、という意識は勿論あった。七千円というお金も僕にとって毎日払うとなると結構な負担にもなる。

それでも、マリクに会いたいという気持ちは胸の中で膨れ上がり、どうにも我慢できなくなりつつあった。

現実のつらさを夢で癒《いや》したい。これぞ現実逃避なのだろうとわかってはいたものの、それでも黒川に、そして愛姫先生につらくあたられた今日、僕が求めていたのはマリクの優しさだった。

午後八時、またも僕は会社を出ると、今夜はまっすぐ『酵素バー』へと向かった。タクシーの中で予約はもう取ってある。

毎日毎日、夢を見るために七千円もの出費、というのはどうなんだろうと思わないでもない。タクシー代を入れるともっとかかっていることになるが、それでも行かずにはいられない『魔力』のようなものがあの店にはあった。

「いらっしゃいませ」

いつものようにバーテンダー姿の美形の受付が僕を笑顔で迎えてくれる。

「今日はいかがされますか？」

「一時間のコースで」

頼んでからふと、それ以上長い時間はないのかと聞いてみたくなった。

「あの、一時間以上のコースというのは……」

「ご用意がないんです。申し訳ありません」

受付はあまり『申し訳ない』と思っているようではない口調で詫《わ》びると、さあ、どうぞ、と僕のためにカプセルの蓋《ふた》を開けてくれた。

「一時間の次は『永遠』になってしまうもので」

蓋を閉める直前、受付がそう言い、少し困ったように笑ってみせる。

「え？」

永遠、ってどういう意味なのか。もしかして冗談だったのかな。疑問に思っている間に眠気が襲ってきて目を閉じる。

次の瞬間僕はまた――マリクのいる夢の世界に飛ばされていた。

「そろそろ冷えてきたな。戻ろうか」

夢は正しくこの間の続きだった。キスを終えたマリクが背後から僕の顔を覗《のぞ》き込むようにしてそう言うと、手綱を握り直し、馬の腹を軽く蹴《け》って方向転換させる。

遠く砂漠には上弦の月がかかっているのも、昨日の夢のとおりだ。マリクの胸に背を預け、彼の腕に摑まりながら僕は、こうしてまたマリクの許《もと》に戻ってきた嬉《うれ》しさに頰《ほお》が緩むのを抑えることができないでいた。

本当に夢のような世界だ。ここでは僕にとってつらいと思われることは何一つない。優しく慰めてくれるシーク。彼はなぜだか僕のことをとても好いてくれている。僕のためならなんでもしたい、と優しく抱き締めてくれ、僕の気持ちを浮き立たせたいとこうして月を見に夜の砂漠に馬を走らせてくれる。

あれ。そういえば、現実には三日が経っているわけだけれど、この『夢』の世界では僕がやってきてからまだ数時間しか経っていないんじゃないか？　ということに僕はふと気づいた。となるとちょっと矛盾がある。僕が最初にやってきたとき、砂漠で見上げた月は満月じゃなかっただろうか。うん、確か満月だ。なのに『同じ夜』のはずの今の月は上弦の月。数時間で月がああも欠けるのはおかしいが、これが『夢』ということなんだろう。

きっと現実で、上弦、下弦、という言葉が出たのを僕の脳が覚えていて、夢に影響を与えたんじゃないかと思う。

ああ、夢なんだなあ——。

今更と思いながらもそう実感した僕の口からは、なぜだか溜め息が漏れていた。

「どうした？　ミズホ」

マリクが耳ざとく聞きつけ、顔を覗き込んでくる。

「……なんでもないです」

案じてくれているのがわかる心配そうな表情の彼に、笑顔で首を横に振り返す。彼の優しさも僕の『夢』が生み出したものだと思うと、また溜め息を漏らしそうになったが、その心理は自分でもわかるようでわからなかった。

もともと『夢』だとわかっているはずだ。なぜそのことに落ち込むのか。

現実に、自分をこうも愛しく思い、案じてくれる人間がいないと、そのことに落ち込んでいるんだろうか——沈みがちになる気持ちゆえか、マリクに話しかけられてもあまり会話が弾まないでいるうちに、二人は宮殿へと戻ってきた。

「寒くはありませんでしたか」

出迎えのラヒムが心配そうにマリクと僕に問いかけてくる。

「私は大丈夫だ。だがミズホの元気がなくなってしまった」

マリクはそう答えると僕の肩を抱き、尚《なお》も顔を覗き込む。

「寒いか？」

「いえ……」

確かに少し寒くはあったが、それほどでもない。首を横に振ったが、

「顔色が悪いな」

とますます心配されてしまった。

「湯に浸《つ》かられてはどうでしょう。ご用意できておりますので」

ラヒムまでもが心配そうに僕の顔を見つめてくるのに、特に具合が悪いわけではないのだ、と心配を退《の》けようとしたが、それより前にマリクが、

「湯か。いいな！」

と明るい声を上げていた。

「それがよい。共に湯に入って温まろう」

「え？　あの……」

湯は別に入らなくてもいいのだが。寒いといってもがたがた震えるほどでもないし、と言おうとしたが、もうマリクの意思は固まってしまっているようだった。

「さあ、行こう、ミズホ」

「あの、いや、その……」

僕に何を言わせる隙《すき》をも与えず、肩を抱いたままずんずん歩き続け、宮殿の別棟にある浴室へと僕たちは到着した。

『湯』というので入るのは風呂だろうと想像していたのだが、通されたのは壁一面が鏡となっている八角形のホールだった。ダンスでもできそうな広さだと思っていると、どうやらドアになっているらしい鏡が開き、そこからわらわらと少年たちが駆け出してくる。

「え？　なに？」

少年たちはマリクと僕、それぞれに向かってくると、いきなり服を脱がせ始めた。

「ちょ……っ、あの……っ」

戸惑っているのは僕ばかりで、マリクはすっかり寛《くつろ》いだ様子で服を脱がされるがままになっている。

なるほど、王様ともなると自分で脱衣などしないものなのか、と感心してしまったが、僕は王でもなんでもないので、少年たちに「自分で脱ぐので大丈夫です」と告げ、彼らの手を止めてもらった。

「仕度はいいか？」

マリクの声に振り返ると、彼はすっかり全裸になり、まだ下着を身につけていた僕を見て、少し不思議そうな顔になった。

「あの、ご自分でなさると……」

少年の一人がおずおずとそう告げ、頭を下げる。なぜ脱がせていないのかと咎められると思ったらしい。

「そうか」

マリクは少年に笑顔を向けると、続いて僕を見やり、「入ろう」と誘ってきた。

途端に少年たちが別の扉に向かいさっと列を成す。先頭の少年二人が開いたその鏡の扉の向こうは、温泉旅館の大浴場でもここまで広いものはあるまいと思われる、大きな浴室だった。

広い洗い場の真ん中、石造りで円形の広々とした風呂がある。マリクが浴室に足を踏み入れると、数名の少年たちもまたあとに続き、中に入ろうとしたが、マリクは彼らを振り返り、

「今日はいい」

と首を横に振った。

「かしこまりました」

「失礼致します」

少年たちはすぐさま浴室を出てゆき、湯気の立ちこめる広い浴室——といっても壁はどこにあるのか見えないほど遠いので果たして『室』といっていいのか迷うところだが——には今や僕とマリク、二人だけになっていた。

「まずは湯に浸かって温まろう」

マリクはそう言うと、僕の手をとり、円形の浴槽へと向かった。身体《からだ》を流してからのほうがいいんじゃないかと思いはしたが、ここは別に旅館の大浴場ではなくマリク個人の風呂だという今更のことを思い出し、別にいいのか、と納得する。

マリクと共に入る湯の温度は熱すぎず、温《ぬる》すぎずという、いわゆる適温だった。

「ああ、気持ちがいいな」

風呂の深さはやはり、温泉の大浴場並で、果たしてアラブの国にこういう浴室はあるんだろうか、と僕は思わず首を傾《かし》げた。が、ここは別に『アラブ』ではなく僕の『夢』の世界なのだから、細かいことは気にしなくてもいいのか、とまたも思い直した。

「気に入ってもらえたか？」

マリクが黙り込んだ僕の顔を覗き込むようにし、問いかけてくる。

「あ、はい。勿論《もちろん》」

頷《うなず》いた僕の目が、今まできるかぎり視界に入ってくるのを避けていたマリクの下肢へとまた、吸い寄せられそうになった。

湯の中、逞《たくま》しい彼の雄が勃《た》ちかけているのがわかる。同性としてやっかまずにはいられないほど、マリクの雄は立派で、比べられたくない、と僕はさりげなく見えるよう、手で前を隠そうとしてしまっていたほどだった。

「なら、もっと近くに来てほしい」

言いながらマリクが僕の肩を抱き、身体を密着させてくる。

「あ、あの……っ」

「ミズホの肌は白くてきめ細かで、本当に綺麗《きれい》だ」

もう片方の彼の手が僕の頬にかかり、指先が唇に触れた。

「柔らかい……触れたくなってしまう……」

くす、と笑いながらマリクが僕の唇を親指の腹でなぞっていく。ぞわ、とした刺激が背筋を上り、身体がびくっと震えたのがわかった。

「キス、してもいいか？」

問いながらマリクが僕に顔を寄せてくる。

「……はい……」

まだ湯あたりするには早すぎるタイミングではあったが、頭がぼうっとして何も考えられなくなった。頷いた僕を見てマリクが嬉しげに微笑《ほほえ》み、更に唇を寄せてくる。

「ん……」

しっとりとした唇が僕の唇を塞《ふさ》ぎ、彼の舌が口内に挿入されてきた。縮こまっていた僕の舌をとらえ、きつく吸い上げてくるマリクのくちづけが、次第に激しいものに変じていく。

同時に頬にあった彼の手が下がり、首筋から僕の胸へと向かうと、乳首を指先で摘《つ》まれた。

「……んん……っ」

びくっと思いのほか身体が震えてしまったことに動揺し、思わず目を開く。乳首を人に触られたことなどなかったため、まったく気づかなかったが、どうやら随分と敏感な神経が通っているらしく、再びマリクに摘まれたときには、たまらない気持ちが募り、声まで漏らしてしまいそうになった。

「可愛《かわい》いな、ミズホは」

キスを中断したマリクが、僕を見下ろし、にっこりと微笑む。濡れた唇が煌《きら》めき、瞳の星がゆらめく様に、魅入られてしまったかのように、何も言葉を発することができない。

「本当に可愛い……」

愛しげにそう言いながら、マリクがまた、僕の乳首をきゅっと摘まむ。

「や……っ」

堪《たま》らず声を漏らしてしまった僕を見下ろし、マリクはますます嬉しげに微笑んだかと思うと、再び唇を塞いできて――。

「お時間です」

次の瞬間、またも閃光《せんこう》に見舞われ、僕は『現実』へと引き戻されたのだった。

「あ………」

目を開き、カプセルの中を覗き込んできていた受付の顔を見上げる。

「あちらでお待ちしていますね」

受付はニッコリ笑うとそう言い、一人戻っていった。

「…………やばい……」

鼓動は早鐘のように鳴っていたし、頬が真っ赤になっているのもわかる。何より恥ずかしいのは自分が勃起《ぼっき》しかけていることだった。さすがに服越しにそれに気づいたわけではないだろうが、僕がすっかり『夢』に興奮していたのは誰がどう見ても明らかで、本当に恥ずかしい、と暫《しばら》くの間、頬の赤みと心臓が収まるのを待ってから、カプセルを出、受付へと向かったのだった。

「ありがとうございました。またのご来店をお待ちしています」

受付で金を払うと、彼はいつものように丁寧に、だが淡々と僕を外へと送り出してくれた。

建物の外に出ると肌寒さを感じ、ぶるっと身体を震わせてしまう。

これが現実の『寒さ』なんだよな——。

しかし湯の温度も、マリクの体温も、彼の指の感触も、とても『夢』とは思えないほど、リアリティがあった。

もし明日、夢の続きを求めるとしたら風呂の中からになるのか、とつい、先を想像していた僕の足は駅へと向かうことなく完全に止まってしまっていた。

あれからどうなるんだろう。乳首を触るだけで終わるってことはないだろうな。しかし風呂の中で淫《みだ》らな行為に耽《ふけ》るというのはいかがなものか。いくら人目がないにせよ。でもお互い裸だと行為が先に進むのに障害となるものは何もないんだよな——ぼんやりとそんなことを考える僕の頭にはしっかりと、マリクの逞しい雄の映像が浮かんできてしまっていた。

堪らずごくりと唾《つば》を飲み込み、その音ではっと我に返る。

まったく、どうかしている。同性の雄を思い出して興奮するなど、おかしいじゃないか。僕はゲイじゃないんだ。そんなことを自身に言い聞かせているあたり、相当『おかしい』という自覚があるだけに、当分『続き』を見に行くのはやめておこうかなという方向へと思考が働く。

そうだ。数日空けてみれば、『続き』ではなくなるかもしれない。明日は行くのを辞めておこう。そう心に決めた僕は、その瞬間、物足りない気持ちに陥ってしまっていることにはなんとか気づくまいと気力で思考を留《とど》めていた。

8

翌日もその翌日も、僕は『酵素バー』に通うことを我慢した。

会社の仕事のほうは相変わらず、針のむしろのような状態が続いていた。というのも、愛姫先生は頻繁に連絡を入れてきていたのだが、その相手が僕ではなく黒川だったためである。

あのプロットを読んだとき、僕は先生がノリノリだと確信した。さぞ筆が進むだろうと思っていたのだが、どうやら書き出しに苦戦しているようで、一昨日も昨日も、黒川宛《あ》てに電話がかかってきていた。

黒川は丁寧に愛姫先生の話に耳を傾けたあと、何かしらの資料を集め、僕にそれを先生に届けるよう指示を出した。

「届けるだけなのでアポイントメントの必要はない、邪魔にならないように帰れ。但し、愛姫先生がお前と話をしたいと言ってきた場合は喜んで付き合って来い」

くれぐれも執筆の邪魔にはなるな、と口酸っぱく言われた上で、送り出されたが、一昨日も昨日も吉祥寺を訪れた僕と愛姫先生は会おうとせず、文字通り『門前払い』状態で帰されるというのが続いていた。

僕が帰ったあとにはまた、黒川のところにクレーム電話が入っていたということを、帰社すると同僚が親切に教えてくれるのもまた辛《つら》かった。

「連日お疲れ」

と隣の席の三浦は労《いたわ》ってくれたけれども、彼女の目には要領の悪い後輩に呆れている、という色が濃く表れていて、ますます僕を落ち込ませた。

三日目にも愛姫先生は黒川宛てに電話をかけてきたのだが、運が悪いことに黒川はちょうど月に一度の販売会議の真っ最中だった。

それで僕が応対に出たのだが、僕が出た途端、愛姫の機嫌は手がつけられないほど悪くなってしまった。

『私は黒川さんをとお願いしたのよ。あなた、黒川さん？　違うわよね？』

「申し訳ありません、編集長は今、重要な会議に出席していまして、その……」

僕としたら、取り次げない理由を愛姫にわかってもらうために告げた言葉だったが、その一言が先生の怒りの火に油を注いでしまったようだった。

『私との電話よりも「重要」というわけね。よくわかりました。もう結構です』

そう言ったきり、がちゃんと電話を切られてしまい、どうしたらいいんだ、と青ざめたものの、かけ直したところで応対に出てもらえるとは思えない。どうしよう、と悶々《もんもん》としつつ会議が終わるのを待ち、席に戻った黒川に事情を説明すると、黒川は僕に対しては一言、

「少し言葉を考えろ」

と言っただけで、すぐさま愛姫先生に電話をかけた。

愛姫先生はたった十分の電話ですっかり上機嫌となったらしい。黒川の顔にも笑みがあり、ああ、よかった、と安堵《あんど》したのも束《つか》の間、またも僕は愛姫先生への『お使い』を頼まれ、今日はやめておいたほうがいいのでは、とおそるおそる黒川に進言した。

「なぜだ」

黒川がむすっとした顔で問い返してくる。

「先生の機嫌がまた悪くなるかもしれません」

「そうならないよう、努力しろ」

だが黒川にはわかってもらえず、結局愛姫先生の家を訪れざるを得なくなった。

手土産を買い、黒川に渡された資料を手に向かう。黒川は僕に、ファンレターとアンケート用紙も届いていたら持っていくようにと命じた。

アンケートは先生から以前、興味がないと言われていたので僕が担当になってからは届けたことがなかったのだが、たまっていた分の、先生の感想のところだけコピーを取り、先生が不快になりそうなものは省いて、という作業が結構面倒だったので、内心助かったと思っていた。

以前、本人からいらないと言われたと、黒川に言おうかと思ったのだが、また会議に入ってしまったためその隙はなく、仕方なく僕は苦労してコピーを取り、今は特に先生がナーバスになっているときなので、執筆の妨げとなるような感想はないか、目を皿のようにしてチェックをしたあと、それらを持って先生宅へと向かった。

ファンレターやアンケートを改めて読み返すことになり、僕は愛姫先生の人気を再認識していた。今、わざわざ手紙で感想を伝えてくる読者の数はそう多くないのに、先生のところに来る手紙は数も内容の熱さも飛び抜けていた。一応、こまめに転送するようにしていたので今日持参するのは十通ほどだったが、皆が皆、作品の感想を熱く語っていて、人の心に届く作品のパワーというのは凄いなと、僕は今更、感心してしまったのだった。

吉祥寺の愛姫先生宅では、今日も秘書の佐野山に迎えられ、愛姫先生には取り次がれずに帰されることとなったのだが、今日は佐野山経由、黒川宛ての伝言があった。

「愛姫先生より、黒川編集長にお伝えくださいとのことです」

佐野山は敢《あ》えて淡々とした口調を心がけていたが、言いづらそうな表情から、内容は僕に関するクレームだろうな、という予想は正しく当たった。

「今後、届け物があるときには編集部の他の方にお願いしたいということです」

「……わかりました。そのように伝えます」

当の本人に『もう来るな』というのは、自身の言葉ではないとはいえ佐野山もさすがに言いにくかったようで、僕が返事をすると、

「それでは失礼します」

そそくさと挨拶をし、ドアを閉めてしまった。

「……ありがとうございました……」

閉ざされたドアに向かい頭を下げ、会社に戻るべく駅に向かって歩き始める。

惨めだった。人から受け入れられないというのはこうも辛いことなのかと、日々、思い知らされる。

愛姫先生はそもそも僕を替えたいと言っているんだ。なのに黒川がゴリ押しをするからより嫌われる。なぜそれがわからないんだろう。

もともと悪いのは自分だという自覚はあった。が、こうも連日、自分を否定され続けると、そんな状況に追い込んでいる黒川に対する恨み言が胸に溢《あふ》れてきてしまう。

落ち込む気持ちを抱えながら帰社した僕を待っていたのは黒川の「どうだった」という報告を促す言葉だった。

「今日も会ってもらえませんでした」

事実を告げるのが恥ずかしい。三日連続かよ、と周囲が僕を同情的に――或いは嘲《あざけ》りながら見るのがわかった。

「会ってもらえるよう、何か努力はしたのか」

黒川の問いも三日連続、同じものだ。

「頼みましたが……駄目でした」

答えも三日連続同じものだったが、僕は正直言って黒川の言う『努力』がなんなのかがよくわかっていなかった。

僕の役目は資料を届けることで、面談することじゃなかったはずだ。だがそれを黒川に主張するとまた怒られるとわかっていたため、嘘ではない『会ってもらえなかった』という答えを返し続けていたのだった。

昨日と一昨日はこれですんだ。が、今日、黒川は新たな問いを僕にしかけてきて冷や汗をかかせてくれたのだった。

「どう頼んだ?」

「えっ。その……」

突っ込んでくるとは思わず、一瞬にして狼狽《うろた》える。

「まさかお前は俺が資料を届けさせるためだけに、愛姫先生のところにお前を差し向けていると思っているわけじゃないよな?」

実際、黒川には見抜かれていたと知らされた瞬間だった。しかし『はい』と答えればまた怒られる。それで僕は、

「思っていません」

と答えたものの、嘘であるがゆえにその返事は随分とわざとらしいものになっていた。

「お前、このまま先生の担当を外れてもいいと思っているのか？」

黒川の叱責は続く。だからどうして僕だけ、こうして公開処刑よろしく、会議室に呼ばれてじゃなくて皆の前で叱責されるんだ。わざとか？　わざと僕を惨めな思いにさせようとしているのか？

反省より、今や僕の胸にあるのは黒川への反発だった。しかしそれを顔や態度に出すほどの勇気もなかったため、僕は黒川に対し、

「申し訳ありません」

と深く頭を下げ、叱責をやり過ごそうとした。

「謝罪はいい。お前はこのまま愛姫先生の担当を外れていいと、そう思っているのかと聞いているんだ」

黒川が尚も厳しく僕を問い詰める。

「それは……」

続けたくなんてない。先生にも望まれていないんだし、いつ替えてもらってもかまわない。積極的に替えてほしいと思っている。

そう言えたら、どれだけ楽だろう。だが言えば僕は『やる気がない』という烙印《らくいん》を黒川に押され、この上ないほどの蔑みの目で見られることだろう。

ただでさえダメージをくらっているところに更にダメージを受けるのは避けたい。それで

僕は、嘘をつくことにした。

「……中途半端な状態で替わりたくはありませんが、愛姫先生がそれをお望みであるのなら致し方ないと……」

「………………」

僕の言葉を聞き、黒川は、やれやれ、というように溜め息をつき、僕から目を逸《そ》らせた。

彼の表情には僕が見るのを避けようとした蔑みが色濃く表れていた。

「もういい。席に戻れ」

叱る価値もない。そう宣言されたのがわかった。

「……はい」

俯《うつむ》き、席に戻る僕の耳に、部員たちのヒソヒソと囁《ささや》く声が響いてくる。

「可哀想《かわいそう》よね、あれじゃ」

「愛姫先生が替えたいって言ってるんだから、替えればいいだけじゃないのか」

どちらかというと同情的な声が多いような気がしたが、同情されながらも呆れられていることがわかっていたため、僕はとても顔を上げることができず席に戻るとメールをチェックする振りをし、ずっとパソコンの画面を眺めていた。

その日もだらだらと八時前まで仕事をしたあと、皆がまだ残る中、僕は一人、

「お先に失礼します」

とオフィスを出て、ふらふらと銀座へと向かっていた。『酵素バー』に足が向きそうになるのを我慢し、プロントで一人遅めの夕食をとる。

パスタとビールを頼んだが、ビールを飲み終わると自然とウイスキーへと移行していた。店はやや混みだったが、当然ながら僕を気に留めるような人間は誰もいない。二杯目、三杯目、と飲むうちに、我ながら酔っ払ってきたなと自覚したものの、飲まずにはいられないような気持ちに陥っていた僕は、次々グラスを空けては「もう一杯」とオーダーを続けた。

時計の針は間もなく十一時になろうとしている。一人で三時間も居座ってしまったと反省しつつ立ち上がったとき足下がよろけ、僕は自分が相当酔っ払っていると察したのだった。

カードで支払いをすませ、外に出る。そのまま駅に向かうはず——が、気づいたときには酔ってふらふらの僕の足は、歌舞伎座の裏、三日ほど通うのを我慢していた『酵素バー』に向いていた。

こんな時間じゃもう、閉店しているだろう。どうせ入れないに決まっている。そう思うのなら行かなければいいようなものだが、足は止まってくれない。酔って色々な制御が外れてしまっているらしい、と、自分でもよくわからないことを考えていた僕の目に、例の看板が見えてきた。

「……開いてるんだ……」

扉には『open』の札がかかったままになっていた。でも誰かがもう、使っているかもしれないし、とドアを開き、中を見る。

「いらっしゃいませ」

スポットライトのように店の明かりが照らす下、カウンターの中からあの美人の受付が僕ににっこりと笑いかけてきた。

「あの……まだ、開いてるんですか？」

こんな時間に、と店の時計を見ると、十一時を二十分ほど過ぎている。

「はい、必要とされるかたがいらっしゃる間はずっと開いていますよ」

僕としては時間を聞いたつもりだったのだが、受付が答えたのは店の営業自体についてのようだった。

「三十分コースと一時間コース、どちらにされますか？」

だが僕が何も突っ込まずにいると、いつものようににこやかに時間を問うてくる。

「……三十分……いや、やっぱり一時間で……」

時間も時間だし、三十分にしよう。そう思ったはずなのに、僕の口は『一時間』と告げていた。

そもそも、今日だって訪れる予定ではなかった。我慢しようと思ったのだ。理由は——やはりちょっと怖いから。

何が怖いのかというと、浴室で迫ってきたマリクが、というわけではなく、迫られたことに対し少しの嫌悪も覚えず、彼の手に迷うことなく身を委《ゆだ》ねようとしている自分自身が怖かった。

夢の中とはいえ男同士だ。女性との経験はさすがに何人かあるけれど、男を相手にしたことはない。最初からそういうシチュエーションになることは、誰が相手であろうと想像だにできなかった。それがマリク相手だと、いとも容易《たやす》くキスはできるしそれ以上の行為もできそうだと思えてしまう。それが怖かったから、ここ三日ほど僕はこの店を訪れるのを敢えて避けてきたのだった。

それでも今日、やってきた理由はただ一つ。マリクに会いたい、それだった。また、マリクに言ってもらいたかった。『お前は頑張っている』と。彼の癒しがほしくて僕は、酔っ払っているのをいいことに、こうして再び彼のもとを訪れようとしていた。

「随分とお飲みになってますね。大丈夫ですか?」

カプセルの蓋を開けてくれながら、受付が初めて心配そうに僕を振り返った。

「大丈夫です」

「もしも途中でご気分が悪くなられたら、遠慮なく蓋をノックしてくださいね」

ふらふらしながらカプセルに入る僕の耳に受付の声が響いたが、大丈夫大丈夫、と二度頷くと蓋はゆっくりと閉まっていった。

ああ、目が回る——。

いつものように急速に眠気に襲われながら、マリクの顔を思い描く。次の瞬間僕は湯の中で、そのマリクの腕に抱かれていた。

「ミズホ、大丈夫か?」

慌てた様子のマリクの声が気になり、薄く目を開こうとするが、頭がくらくらしてしまって上手く視点が定まらない。

「いかがされました」

扉が開き、ラヒムが浴室内に入ってきたのがわかったが、彼のほうを見ることもかなわなかった。

「どうやら湯あたりしたらしい」

心配そうなマリクの声がごく近くでしたと思った次の瞬間、僕は湯の中で立ち上がった彼に抱き上げられていた。

「ご寝所の準備は整っております」

そう告げるラヒムの傍《そば》をすり抜けるようにし、マリクが脱衣所へと向かう。

「マリク様、身体をお拭《ふ》きにならないと……」

少年たちが駆け寄ってくるのをマリクは「かまわない」と耳も傾けず、全裸のまま大股《おおまた》で脱衣のホールを突っ切り、開かれた扉から奥へと向かっていった。

薄暗いそこはどうやら『ご寝所』と言われた場所らしく、広々とした部屋の真ん中に、やはり広々とした天蓋《てんがい》付きのベッドが置かれていた。

マリクのあとから部屋に入った少年がカーテンのようになっている布を両方から開くと、そこにはプロレスでもできそうなほどに広いマットレスが現れた。

「大丈夫か?」

シルクと思《おぼ》しきシーツに覆われたその上に、そっと横たえられる。

「マリク様、水をお持ちしました」

と、背後でラヒムの声がし、僕は薄く目を開いて声のほうを見やった。

「ご苦労」

全裸のマリクがラヒムへと向かい、彼が手にした盆の上に置いてある綺麗な色のグラスを取り上げる。

「ミズホ、飲めるか?」

それを手に再び僕の許へと戻ってきた彼は、一瞬僕を起こそうとしたが、すぐに思い直したらしく、手にしていたグラスを自身の口へと持っていくと水を含み、そのまま僕に覆い被《かぶ》さってきた。

「ん……」

口移しで飲まされた水が、喉《のど》を下っていく。冷たくて気持ちがいい、と思わず大きく息を吐くと、再びマリクが水を含み、僕に飲ませてくれた。

「…………」

鼓動が次第に収まってくるのがわかる。湯あたり――なんだか、それとも現実の世界で酒を飲み過ぎたのが原因なんだか、よくわからなかったが、ようやく目眩《めまい》も収まり、周囲をゆっくり見渡せるようになってきた。

「大丈夫か？」

マリクが問い、手にしたままになっていたグラスを目で示す。

「水、もう少し飲むか？」

「あ、はい。でも自分で……」

周りが見えるようになると、そこにはラヒムばかりか、数名の少年たちの姿もあったことに今更気づいた僕は、口移しで水を飲まされたところを見られたことに、今更と思いつつも恥ずかしさを覚えていた。

恥ずかしいといえば、こうして真っ裸でいることもまた酷く恥ずかしい。何か身体を覆うものはないのか、と周囲を見渡していると、少年の一人が慌てた様子で駆け去っていき、やがてガウンのような白い服を手に戻ってきた。

「それはいい。上掛けを持て」

が、彼が僕に手渡すより前にマリクは笑顔で退けると、改めて少年に命じ、少年は「はい」と高い声を上げると、他の少年たちと急いで駆け去っていった。

「さあ」

起き上がり、その様子を見るとはなしに見ていた僕に、マリクがグラスを差し出してくる。

「ありがとうございます」

グラスを受け取り水を飲む。ごくごくとほぼ一気に飲み干し、はあ、と再び大きく息をつくと、随分と気分が落ち着くのを感じた。

やがて少年たちが白い上掛けを手に戻ってくる。

「顔色もまだそうよくない。早く休むとしよう」

マリクはそう言うと、僕からグラスを取り上げて少年の一人に渡したあと、ベッドに上がり込んできて僕の隣に座った。

「え……っ」

そうして僕の肩に上から腕を回したかと思うと、ゆっくりと仰向けに横たえていく。二人が寝るか寝ないかのうちに、少年たちは僕たちに上掛けをかけると、再びカーテンのような布を閉じ、すす、とベッドから離れていった。

「それでは何かご用がありましたらお呼びください」

ラヒムもまた一礼して去っていき、この場にはマリクと僕だけが残された。

「大丈夫か？　具合は悪くないか？」

マリクが僕の顔を見つめ、心配そうに問いかけてくる。

「はい、大丈夫です」

答えながら僕は、もしもここで寝てしまうと自分は夢の中で眠ることになるのか、と気づき、なんだか可笑《おか》しくなった。

眠くはある。が、折角お金を払って夢の世界に来ているのに、そこでも寝てしまうなんて、何をやっているんだかと思う。

でもまあ、いいか——。

マリクの逞しい腕が僕を彼の胸に抱き寄せる。彼の手は優しく僕の髪を撫《な》で、彼の唇が僕の額に、頬に、何度も何度も優しく触れては離れていく。

ああ、気持ちがいい。心地よさからいつしか僕は微笑んでしまっていたらしい。

「愛しいミズホ……お前の笑顔は本当に愛らしい」

マリクの声が少し情熱的になり、肌に触れる唇に熱がこもるのがわかる。

「…………」

もしや。目を開くとそこには、少し思い詰めた表情をしたマリクの顔があった。

「もう、身体は大丈夫か?」

問うてくる目は真剣だったが、瞳の奥に燃えているのが欲情の焔《ほむら》であることは僕にもよくわかっていた。

もしも頷けば次に彼はこう聞いてくるに違いない。

『抱いてもいいか』

と。

それがいやなら、まだ体調が悪いと言えばいい。そうすればマリクは、わかった、と微笑み、また優しいキスを僕が眠るまでの間、与え続けてくれることだろう。

どちらを選ぶ？　僕は果たして、マリクに何をしてほしいと思っている？

「……ミズホ……」

マリクの優しい声が僕の名を呼び、彼の情熱的な瞳がじっと僕の目を見つめる。

どうしよう——どうしたらいいんだ。

迷っていたはずなのに、いつの間にか僕の首は、こくりと縦に振られていた。

「……お前を抱いてもいいか？」

マリクが安堵したように微笑んだあと、僕へと顔を近づけ、予想どおりの問いをしかけてくる。

どうしよう——と、もう、僕が迷うことはなかった。

「……はい……」

声が掠《かす》れてしまったが、しっかりそう返事をし、彼を見返す。

そう——僕はもうこれ以上、自分を誤魔化し続けることができなくなっていた。

マリクの行為に身を任せたい。『抱かれたい』とは経験がないゆえ積極的に思えなかったのだが、マリクが僕を抱きたいというのなら、彼の思うがままにしてほしかった。

彼の繊細な指先に触れてほしい。温かい唇を肌に感じたい。男なのにそんなふうに望むのは変だと、普段の僕なら思っただろうが、ありがたいことにこれは『夢』の世界だ。

夢の中の僕が何を望んだとしても、それは『現実』の僕の願いとは違う。実際、夢を見ているのは自分なのだから、違うかどうかとなると『違わない』という答えが導き出されそうなものだが、それを無理矢理僕は『違う』と自分に言い聞かせるようにしたのだった。

「ありがとう。嬉しいぞ」

マリクが本当に嬉しそうに微笑むと、少し身体を起こし、僕に覆い被さってきた。

「後悔はないな？」

マリクの少し潤んだ瞳が、じっと僕を見下ろしてくる。

「…………はい」

後悔――するだろうか。いや、しないに違いない。この瞳に僕はもう、魅入《みい》られてしまっているのだから。

頷いた僕にマリクも目を細めて微笑み、頷き返すと、ゆっくりと唇を重ねてきた。

「ん……」

キスをしたのは一瞬で、彼の唇が首筋を辿《たど》り、僕の乳首へと辿り着く。

「や……っ」

ざらりとした舌を感じた瞬間、口から思いもかけない声が漏れてしまった。なんて甘えた、いやらしい声だ、と慌てて両手で口を押さえる。と、マリクは目を上げ、大丈夫、というように微笑んでみせながら、僕の乳首をちゅう、と音を立てて吸って寄越した。

「ん……っ……んん……っ」

もう片方の乳首をマリクの繊細な指先がきゅっと抓《つね》る。指先で片方を、唇で、そして舌で、ときに軽く歯を立てるようにしてもう片方を間断なく弄《いじ》られるうちに、僕の息はすっかり上がり、口からは堪《こら》えきれない声が漏れ続けてしまっていた。

「や……っ……あっ……っ……あぁ……っ」

身を捩《よじ》り、受け止めかねている快感をなんとかやり過ごそうとする。次第に雄に熱がこもってくるのが恥ずかしく、それを悟られたくなくて内股になると、マリクはすぐさま気づいたらしく、乳首をまさぐっていた手を下へと滑らせ既に勃ちかけていた雄を握り込んできた。

「やだ……っ」

マリクの繊細な指が僕の雄に絡みつき、ゆるゆると扱《しご》き上げられる。

「や……っ……マリク……っ……まだ……っ」

同性に直接、雄を握られたことなど当然なかった。そんなに積極的な女の子と付き合ったこともないので、女性にもないかもしれない。

なので僕は雄を握られた途端、ふっと我に返ってしまった。

何をしているんだ、僕は——慌ててマリクの胸を押しやり、彼の身体の下から逃れようとする。

「ミズホ、どうしたのだ？」

マリクが哀《かな》しそうな顔になり、僕を再び抱き締めようとしてきた。

「ごめんなさい、ちょっとまだ——っ」

心の準備が、と彼の胸を強く押しやったその瞬間、眩《まぶ》しい光が不意に差し、僕の意識は今へと戻った。

「あ………」

どうやら僕は、自分でカプセルの蓋を内側から押し上げてしまったらしい。

「まだ、五分ほどありますが、終了ですか？」

呆然《ぼうぜん》としつつも身体を起こすと、受付の男がやってきて、僕に笑顔で問いかけてきた。

「五分……」

「はい、まだ五分、お眠りいただけますよ」

言いながら受付が、カプセルの蓋に手をかける。

「……あ……もういいです、五分ならあっという間だし……」

「そうですか」

受付は僕が再び横たわると思っていたようだ。僕がもう出るというと少し意外そうな顔になったものの、すぐにまた作ったような笑みを浮かべ、僕がカプセルを出るのに手を貸してくれた。

「ご気分はいかがですか？」

支払いの際、受付がそう聞いてきたのは、僕が気持ちが悪くでもなって、カプセルの蓋を開けたと思ったからのようだった。

「大丈夫です。随分落ち着きました」

彼に答えたとおり、泥酔していたはずなのに、カプセルで休んだせいかすっかり酔いが覚めている――ように思う。

「それではまたのご来店をお待ちしています」

受付が丁寧に頭を下げるのに送られ、店の外に出た僕の口から、深い溜め息が漏れていた。

本当に――何をしているんだか。

夢の世界とはいえ、どうしてマリクに身を任せようとしたのか。自分で自分が信じられない。いくら優しくされたからといって、抱かれようと思うか？　普通？　僕はゲイじゃないはずだ。

まさかあれが僕の隠れた『願望』で、実は彼のような男に抱かれたいという願いをずっと抱いていたとでも――？

「いや、ないから」

声に出して否定したあと、まだ終電はあるだろうか、とスマホをポケットから取り出そうとして、入っていないことに気づいて愕然《がくぜん》となった。

もしや今の店に忘れたのか？　慌てて振り返ったが、そういえば充電が切れそうだったので会社のデスクで充電したまま置きっぱなしにしてしまったことを思い出した。

「……ああ……」

面倒くさいな、このまま帰ってしまおうかと思ったが、携帯がないと何かと不便だし、帰宅したあと気づいたならともかく、銀座から会社ならそんなに遠くない。取りに戻るか、と心を決め、僕はちょうど走ってきた空車のタクシーに手を上げた。

普段なら、まあいいかと帰宅してしまったかもしれない。それでも会社に戻るほうを選んだのは、帰宅し眠りの世界に入るのを躊躇《ためら》ってしまったためだった。

目を閉じると確実に、マリクの瞳が浮かんでくる気がした。彼の指の、唇の感触まで蘇りそうで、布団に入るのが怖いのだ。

本当に僕はどうしてしまったんだか。今もぼんやりしているとマリクのことを思い出してしまいそうだ、と僕は敢えて大きく目を開くと、車窓の外、流れゆく街灯の光を追い続けることで、思考の世界に意識がはまり込むのをなんとか避けようとしたのだった。

9

十二時を三十分も回っているので、他部署はともかくロマンスノベルズの編集部は無人だろうと思っていた。日程的にこんな遅くまで詰めて仕事をする必要がなかったためだが、エレベーターを降りたとき、まだフロアに電気がついているのを見て、自分の予想が外れたのを察した。

しかし誰が？　あ、もしかして、最後の人が電気を消し忘れたのかも。まだ校了まで間があるし、こんな、終電が危ういような時間に誰かいるとは思えないのだが。

そう思いながらフロアに足を踏み入れた僕は、ただ一人、席で仕事をしていたその人物に驚いたあまり、思わず大きな声を上げてしまったのだった。

「編集長……っ」

「なんだ、どうした？」

そう、唯一、フロアに残り何かに目を通していたのは黒川編集長、その人だった。

「あの……」

黒川は今朝も早くから出社していたはずだった。僕自身、十一時に出社していたから彼が正確には何時に出社していたか知らないのだが、通常どおりであればもう、十六時間も勤務していることになる。

一体何をしているんだろう。普段の僕にその勇気はなかったはずだが、まだ多少酒が残っているのか、気づいたときにはふらふらと黒川の席の近くまで歩み寄り、彼の机の上を見てしまっていた。

「あ……愛姫先生の本……ですか？」

黒川が読んでいたのは、最近出た愛姫先生の著作だった。机の上にはもう読んでしまったのか、他にも数冊先生の本がある。

「ああ。このところ先生は迷われているようだからな」

黒川が本から目を上げ、僕を見た。カチ、と音がするほど二人の視線がしっかりと合ったことに、僕が動揺するより前に、黒川は再び目を伏せ本を読み始めてしまった。

「……あんなに素晴らしいプロットだったのに……」

何を『迷う』というのだろう。理解できない、と思わず呟いてしまった僕は別に、黒川から答えを得たいと思ったわけではなかった。

単なる独り言だったのだが、黒川はなぜか再び顔を上げると僕を見据え、口を開いた。

「愛姫先生が迷われているのは、このところの売上げに原因がある。低迷というほどではないが、実際、下がっているからな。先生の不安の源はそれだろう」

「でも売上げが下がっているのは先生だけじゃないですよね。業界全体の問題というか……」

愛姫先生は下がったとはいえ売れているほうだと思うのだが、と首を傾げつつ自分の考えを告げる。こんなふうに黒川に対し、構えず話せるのもやはり、酒の力のおかげかもしれなかった。

「確かにそのとおりだし、先生もわかってはいると思う。だが、それでも対自分比で下がると気になるものだ。実際、先生の最近の作品には迷いが感じられる。変化を見せるべきか、それとも読者に好まれる道を貫くべきかという……」

「迷い……ですか」

気づかなかった。そして先生が『変化』を考えていることにもまた、気づかなかった。愕然とする僕に対し、黒川は嫌みを言うことなく「ああ」と頷き口を開く。

「いくら人気作家、いくら大御所とはいえ、作品を発表するときには常に、今回の作品は読者に受け入れてもらえるかと不安を抱いているものだ」

「愛姫先生のような、業界のトップといわれる人気作家でも……ですか？」

先生と『不安』というのがどうにもマッチングせず、戸惑いの声を上げてしまう。と、黒川は目で自分の読んでいた本や、机の上に置かれた本を示し、僕の問いに対する答えを与えてくれた。

「ああ、どんな人気作家でもどんなベテラン作家でもそれは一緒だ。愛姫先生の不安は作品に如実に表れているじゃないか」

「作品に……」

黒川の机にあるのは、僕が担当になってからの先生の著作だった。

「……すみません。気づきませんでした……」

担当している作品だから、当然、何度も読みはした。だが一度たりとて、先生がその本を発表するにあたり不安を抱いていると気づいたことはなかった。

僕は『読んだ』つもりになり、大切な部分を読み飛ばしてしまっていたのか。落ち込みから溜め息をついてしまった僕を真っ直ぐに見据え、黒川が口を開いた。

「お前が先生に『頼りにならない』と思われたのは、それが原因なんじゃないか？」

「…………」

そのとおり――今、僕は自分のいたらなさ加減を、これでもかというほど思い知らされていた。

作品に如実に表れているという『迷い』に気づくことなく、『いつもと同じ』プロットが来ると、すぐさまオッケーを出す。それでは信頼してもらえるはずがない。不安を抱えているのなら尚更だ。

不満はあるが、仕事はきっちりしていると自覚していたが、とんでもない勘違いだった。

僕は少しも『きっちり』などしていなかったのだ。

いつも、僕は言い訳ばかりして、心の底から気を入れて仕事と向かい合っていなかった、と認めざるを得ない。

僕がやりたいのはロマンス小説じゃない、ミステリーかハードボイルドだ。そっちを担当すればもっとやる気に溢れ、いい仕事もできるはずだ——なんて、本当に恥ずかしくなるほど『今ができていない』ことへの言い訳だ。単に僕は逃げていただけだ。

こんな夜中に、愛姫先生の『不安』と向き合うために彼女の既刊を読み返している黒川を前にしては、自分がいかに、いい加減な仕事をしていたかと反省するしかなかった。

「……申し訳ありません……」

ごく自然に僕の口から、謝罪の言葉が零《こぼ》れ落ちた。

「…………」

黒川は何も言わず、ただ僕を見つめていた。彼の目には少しの非難の色もない。なぜなんだ。叱責されるべきことを僕はしてきたのに、とますます僕は自分が情けなくなり、またも、

「申し訳ありません」

と先ほどよりも少し大きな声で告げ、黒川に頭を下げた。

「何を謝っている？」

僕の耳に、黒川の淡々とした声が響く。

淡々とはしていたが、責められているようには聞こえない。一体彼は今、どんな顔をしているんだろう、と思ったときには僕は顔を上げ、黒川を見やってしまっていた。

黒川も僕を見ていて、二人の視線が再度絡み合う。

「……………僕は……愛姫先生の不安に、全く気づきませんでした」

優しいとしかいいようのない眼差《まなざ》しに促され、またも、ぽろりと口から言葉が零れ落ちる。

安定した売上げを誇っているが、それは先生の作品がワンパターンだからだ、なんて見当外れの見解を持ってしまっていたのが、今となっては恥ずかしい。

項垂《うなだ》れてしまっていた僕は、黒川が席を立ち、近づいてくるのに気づきながらも、顔を上げることができずにいた。

「……今、気づいてよかったじゃないか」

黒川がそう言い、ぽん、と僕の頭に手を置く。

「俺なんて、担当作家の不安に気づくのに五年はかかったぞ。二年目で気づけてよかったと、喜ぶべきだろう」

「…………」

反射的に顔を上げた先、視界に突然黒川の笑顔が飛び込んできて、あまりにびっくりしてしまったために僕はまじまじと彼の顔を見やってしまった。

「ん？」

黒川が、どうした？　というように微笑み、僕の目を見返してくる。

ああ、マリクみたいだ――。

僕の頭にぽんと、マリクの笑顔が浮かんだ。が、目の前の黒川の笑みはマリクの優しげな笑みよりなんというか、僕の胸にダイレクトに響いた。

「あの……いえ……」

なんだろう。この、自分自身にも説明のできないときめきは。鼓動が一気に跳ね上がり、頬に血が上ってくるのがわかる。

「まずは信頼関係を結ぶことだ。今、愛姫先生は非常にナーバスになっている。それだけにお前への当たりもきつくなっているだけで、こちらが信頼に足る動きをすれば必ず、わかってもらえる。頑張れ、白石《しらいし》」

「……………編集長……」

今、僕はなんだか泣きそうになっていた。胸が詰まり、上手く言葉が出てこない。

「そういやどうした？　忘れ物か？」

ぽん、と黒川が僕の頭をもう一度優しく叩《たた》き、席へと戻りながら問いかけてくる。

「……はい、携帯を忘れました」

「そうか。もうすぐ終電もなくなるだろう。気を付けて帰れよ」

再びデスクに座り、目の前の本を取り上げる黒川に僕は思わず、

「編集長は……？」

まだ帰らないのか、と問うてみた。

「ああ、俺はもう少し読んでいく。だが気にしなくていいぞ」

笑顔で告げる編集長に、昼間の厳しい様子は欠片《かけら》も見出せなかった。

僕も残ります――そう言おうかと思ったが、本を開いた黒川はもう、僕になどまるで興味のない様子だったので、言われたとおり今日は帰ることにし、デスクの上の携帯を取り上げた。

「お先に……失礼します」

「ああ、お疲れ」

黒川がちらと顔を上げ、僕を見る。彼の頰には相変わらず笑みがあり、どうしてこんな僕に優しく笑ってくれるのだろう、と思うと、また、泣きそうになってしまった。

気持ちの制御がまったくできない。黒川の前で泣き出すより前に、と僕は慌てて彼に再度礼をし、フロアを駆け出した。

エレベーターに乗り込み、一階のボタンを押す。ウイン、とエレベーターが動き出す。一瞬目眩を覚え、両手に顔を伏せた僕の脳裏に、黒川の笑顔が浮かんだ。

『……今、気づいてよかったじゃないか』

優しい――思いやりに溢れる笑顔だった。二年目の今、気づけてよかったと思うべきだと言われた言葉が胸に蘇り、ますます泣きそうな気持ちになる。

頑張ろう。今、僕は心からそう思っていた。家には愛姫先生の本はないが、電子で買えばすぐに読むことができる。帰宅したら僕も先生の近著を読んで、先生の悩みを共有しよう。酔いが覚めていいてよかった。よし、と僕は目に溜まっていた涙を指先で拭《ぬぐ》うと、気合いを入れ直し、すぐに帰ろう、と駅へと向かって駆け出した。

会社に戻るまで、僕の頭の中にはマリクがいた。なぜマリクに身を任せようとしていたのかと、そんなことを考えていたのが随分遠い過去のように思えてくる。

今、僕の頭の中にいるのは彼ではなかった。仕事へのやる気を奮い起こすきっかけとなった、マリクそっくりの彼の――黒川の、昼間には滅多に見ることのできない笑顔が、しっかりと脳裏に刻まれていたのだった。

「おはようございます」

翌朝、眠い目を擦《こす》りながらも九時に出社したのは、その時間なら編集部には黒川一人だろうと思ったためだった。

「おはよう」

黒川が少し驚いたように顔を上げ、挨拶を返してくれる。

「編集長、昨日はありがとうございました」

席まで行き、頭を下げる。

「何がだ？」

眉を顰め問い返してきた黒川に、昨夜の優しげな表情はない。せっかく早く出社して仕事をしているのに、邪魔をするなと言いたいのだなとわかりはしたが、礼だけは言いたいと早口で喋《しゃべ》り始めた。

「気づかせてくださりありがとうございました。あれから愛姫先生の近著を読み返し、確かに先生は迷われていると気づきました。もう遅いかもしれませんが、先生の不安に寄り添い、どうしたら不安を解消してもらえるか考えます」

「そうか」

黒川の返事はそれだけだった。だが、彼の頬には昨夜と同じ笑みが上っていた。

「頑張れ」

そう言うと黒川は再びパソコンの画面へと視線を戻した。

「はい」

返事をし、早速席につく。黒川に言った言葉には一つの嘘もなかったが、正直、何をすれば愛姫先生の不安に寄り添えるのか、ほぼ見当が付いていなかった。

それで僕は先生が提出してくれたプロットを熟読し、先生が迷われているのはどこだろうと考えた。

出会いはニューヨークのクリスマス。資料は先日、黒川の指示で集めまくった。が、漠然としすぎていたような気がする。

先生がほしかったのはどんな資料か。もう一度考え、ぴったりな情景をかつて映画で観《み》たことを思い出す。なんの映画だったか、と検索し、ＤＶＤが発売されているのを見つけた。

十時になったら近所のショップに行き、買ってこよう。それを先生に届ける。それから、と、僕は昨日先生に渡したアンケート葉書を改めて読み返し、昨日は敢えてコピーをとらなかった人の感想を読み直してみた。

その人たちの感想は別に先生の作品をけなしているわけではなかった。ただ、『ワンパターンなところがいい』とか『中だるみはしたが、やはり面白かった』と最後は誉《ほ》めているのだが、文面にデリカシーが感じられない部分があったので、先生の機嫌を損ねては大変と省いたのだった。

中だるみは確かにしていた。ワンパターンであるのも事実だ。先生に見せる見せないはさておき、編集としてはいかなる読者の声も一つずつ大切に把握する必要がある。そんなことすら僕はちゃんとしていなかったんだよな、と反省し、改めて今までのアンケートを熟読することにした。

ショップの開店時間となったので、そこで目当ての映画を探し、運良く購入できたために、一度社に戻ってその映画の何分あたりにクリスマスのシーンが出てくる、と書いた付箋《ふせん》を貼《は》ると、僕は十二時を狙い、愛姫先生のオフィスを訪れた。

「なんのご用でしょう」

昨日、『もう来るな』と言ったにもかかわらず僕が行ったため、応対する秘書の佐野山はいかにも迷惑そうだったが、気づかぬふりを貫くと、小説の舞台に近い映画を見つけたので持参した、とDVDを渡し、そのまま辞した。

帰社すると僕は、愛姫先生から苦情が入るかもしれないことを案じ、先に編集長に報告をしておこうと彼のデスクに向かった。

黒川は僕の話を聞くと、一言「わかった」と言っただけで、それ以上はなんの言葉もなかったが、彼の顔には相変わらず笑みがあり、僕はその笑顔を見ただけでなんだか胸がいっぱいになった。

夜になり、そろそろ帰宅しようかと思っていたところ、愛姫先生からのメールを黒川が転送してくれた。

「あ」

添付されていたのは原稿で、十ページほどの量である。読み進めるうちに、これはいける！という確信が芽生え、僕は思わず黒川のデスクに駆け寄っていた。

「編集長！」

「ああ、いい感じだよな」

黒川も思いは同じだったようで、ニッと笑い、頷いてみせる。

「愛姫先生から、ＤＶＤのお礼の電話があったぞ。あの映画のクリスマスのシーンにインスピレーションを刺激されたと」

「そうですか！」

それはよかった。嬉しさから声が弾んでしまった僕を見て、黒川がまた微笑んだ。

「感想を送っておくといい。どこがよくてどこが気になったか。具体的に書くんだぞ」

「はい！　わかりました！」

愛姫先生に伝えたいことは山のようにあった。なので僕は返事もそこそこに席に戻ると、自分がこの原稿に対していいと思った箇所、台詞、それにこの先への期待を思いつく限り書き出し、失礼な表現がないかよくよく見直してから、愛姫先生にメールを送った。

「あ」

しまった。事前にチェックをしてもらったほうがよかっただろうか。黒川にコピーを落としてはいたが、先走りすぎたかと反省し、また、彼のもとに走る。

「すみません、事前に編集長にチェックをいただいたほうがよかったでしょうか」

謝罪をしようとした僕の言葉に被せ、黒川が淡々と言い放つ。

「不要だ。愛姫先生の担当はお前だからな」

「……はい……っ」

今までの僕なら、黒川の対応に不満を抱いたのではないかと思う。僕は何もわかっちゃいなかったのだ。黒川の言葉は、僕を突き放しているようで、実のところ、愛姫先生の担当としての僕を認めてくれていたのだ。『認める』が言い過ぎなら、僕を愛姫先生の担当と認識してくれている。だからこその厳しい言葉だ、ということに、どうして気づかずにいられたのか、本気でわからなかった。

黒川はいつでも僕を見てくれていたのだ。怖い、と遠巻きにして、歩み寄らなかったのは僕側に問題があった。それに気づくのに二年かかったというのは我ながら遅すぎると反省すべきだ。本当に申し訳なかった、と思いながらちらちらと黒川を見ると、視線を感じたのか黒川が顔を上げ、僕を見た。

「……っ」

思わず息を呑《の》んだのは、黒川が僕に向かい、微笑んでみせたからだった。うわあ、と動揺しまくる自分を持て余し、視線をパソコンへと向ける。と、ちょうど新着メールが来て、誰からだ、とメールを見ると同期の山田《やまだ》からで、お前か、と脱力してしまった。

どうせ合コンの誘いだろうと思って開くとまさにその通りで、まったくもう、と思いながら返信する。

『申し訳ない。当面、身動きとれそうにない』

そう返信をした僕の口から、思わず溜め息が漏れる。先日、愛姫先生へのメールを打つより前に合コンに参加したことを思い出したためで、責任感のなさすぎる自分の行動は恥じても恥じたりない、と今更ではあるが酷く落ち込んできてしまった。

そろそろ帰ろう、と仕度をし、「お先に失礼します」と周囲に声をかけ、オフィスを出る。

「お疲れ」

背後で黒川の声がしたのに、はっとして振り返る。きっと今までもそうして声をかけてくれていたに違いないのに、僕の耳は黒川の声を捕らえていなかった。

勿体ないことをしたな。つい、溜め息をつきそうになり、慌てて唇を噛《か》んで堪える。黒川の耳に届くようなことでもあれば、余計な気遣いをさせてしまうかも、と思った直後、黒川は僕の溜め息など、気にも留めていないだろう、と考え直し、少し気が楽になった。

エレベーターに乗り込み、一階を目指す。夜ご飯はどうしよう。どこかで食べて帰ろうかな、と思った僕の頭にふと、マリクの顔が浮かんだ。

「…………………」

優しく微笑んでくれるマリクの笑顔に、黒川の顔が重なる。

行って――みようかな。

ふらふらとタクシーを求め、大通りに出ようとしていた僕は、待てよ、とタクシーに手を上げる、すんでのところで思いとどまった。

夢の続きを見るとなると、僕はマリクとベッドの中、全裸で抱き合っているところになる。それは随分、気まずいしな、と、銀座に向かうのはやめ、帰宅するため駅を目指していた僕の足は、だが、すぐに止まってしまっていた。

マリクにちょっと行為は待ってもらおう。彼とはあまり話ができていない。まずは話を聞きたいしな、と一人頷いた僕は、踵《きびす》を返しまた大通りに引き返していた。

話をしたい相手は『彼』なのか。運良くすぐやってきたタクシーに乗り込み、銀座と行き先を告げると僕は、シートに背中を預け、車窓の外を見ながらぼんやりそんなことを考えた。

マリクが僕に対して好意を抱いてくれているのはわかる。でも彼は僕のどこが好きなのだろう。それを聞いてみたかった。

彼に好かれるのはくすぐったい気持ちもあるが、やはり嬉しい。ゲイではないはずなのに、同性にそういった意味で好かれて嬉しいという自分の心理ももう一度、見つめ直してみたかった。

しかし連日、七千円の出費はキツい。今日は三十分にしようかな。そんなことを考えながら車窓の外、後ろに流れる街灯を眺める僕の頭にはなぜかそのとき、マリクではなく黒川の、昨夜見せてくれた優しげな笑みが浮かんでいた。

銀座に到着すると、いつものように食事をとることなく、真っ直ぐに『酵素バー』へと向かうことにした。

『open』の札がかかっていることに安堵し、ドアを開く。

「いらっしゃいませ」

今日も愛想良く受付の彼は僕を迎えてくれた。最初に来店した日と彼の態度はまるでかわらない。『いつもありがとうございます』などと言われないのは助かる、と思いながら僕は、

「あの、今日は三十分でお願いしたいんですが、空いていますか？」

と問いかけた。

「はい、すぐご案内できます。どうぞこちらへ」

にっこり、と受付が微笑み、僕をカプセルの部屋へと連れていく。

「それではどうぞ、ごゆっくり」

カプセルの蓋を閉めてくれながらそう告げるのもいつもどおりで、常連扱いされないのはありがたいものの、もしや彼は僕が毎日来ている客と認識していなかったりして――と考えているうちに、いつものように眠気がやってきた。

目を開くときっと、閨《ねや》の中だ。マリクに話をしたいといわねば、と考えていた次の瞬間、僕は『夢』の世界にいた。

「……あれ……？」

いつもは前回の『続き』から始まる『夢』が、今日はなぜだか違う。僕は一人、回廊に佇《たたず》み月を見上げていた。

てっきり、ベッドの中から始まるのかと思っていたのだが、と周囲を見回していた僕の視界に、回廊の向こう、やはり一人佇み月を見上げているマリクの姿が過《よ》ぎる。

「…………」

どうして僕らは離れているんだろう。もしや喧嘩《けんか》でもしたのか？　ベッドインはどうなった？　今はベッドイン後か、それとも未遂か？

答えは見つからなかったが、今日は三十分にしたこともあり、目的はマリクと話すことだったじゃないかと自らを叱咤《しった》すると僕は、彼に向かい歩き始めた。

「マリク」

呼びかけるとマリクはすぐに視線を僕へと向けてくれた。

「ああ、ミズホ、具合はどうだ？　もう随分と回復したか？」

「え？」

具合？　と首を傾げた後、そういやお風呂で逆上《のぼ》せたんだった、と思い出す。現実の世界ではあれから時間が経っているので忘れていた、と僕は慌てて「大丈夫です」と大きく頷いてみせた。

「それはよかった」

マリクが心底安堵したように微笑んでみせる。

「具合が悪いミズホに無理強いをして悪かった。気を失ってしまったときには、なぜに辛抱しなかったのかと考えなしの自分の振る舞いを恥じた」

微笑んだあと、今度マリクは心底申し訳なさそうな顔になり、僕に向かって頭を下げる。

「い、いいえ、本当に大丈夫なので……っ」

マリクの言葉から想像するに、どうやら僕はベッドの中で行為の最中気を失ってしまった、ということのようだった。

前回、五分前に目覚めてしまったが、もしや僕が体験するはずだったその五分の間でそうした流れになったのかもしれない。

ともあれ、今の状況は僕にとっては望ましいとしかいいようのないシチュエーションだ、と喜びが顔に出そうになるのを堪えつつ、僕はマリクに聞こうと思っていたことをぶつけるべく口を開いた。

「マリク、聞きたいことがあるのですが」

「なんだ？　なんでも答えるぞ」

マリクがまたも僕に、極上の笑みを浮かべてみせる。

彼の笑顔には本当に見惚《みと》れてしまう。優しくて、温かくて——と、ぼうっとしてしまっていた僕は、いけない、と我に返ると、意を決し、聞きたい言葉を口にした。

「マリクは僕のことが好き……なんですか？」

「何を聞くかと思えば」

途端にマリクが噴き出したかと思うと、僕の頬に向かい、すっと右手を差し伸べてくる。

「好きに決まっているではないか」

マリクの指先が頬に触れる。思いの外冷たいその感触に、びく、と身体を震わせてしまった僕を尚も真っ直ぐに見つめ、マリクが僕に問いかけてきた。

「ミズホはどうだ？　私のことが好きか？」

「はい……っ」

頷いてから、はっとした。

好き――なんだろうか。僕は。

思考する以前に即答したということは、好きということなんじゃないかと思う。僕はゲイではなかったはずなのに。まさか同性を好きになるなんて。

しかも黒川そっくりの――目の前のマリクの顔に、また黒川の顔が重なって見える。

「嬉しいぞ。ミズホ」

マリクもまた僕を見つめながら、言葉どおり、本当に嬉しげに笑うと、ゆっくりと顔を寄せてきた。

ああ、キスされる――心臓が胸の中で破裂しそうなほどに高鳴り、いたたまれないような気持ちに僕を追いやる。

「あ、あの……っ」

それで僕はマリクの唇が触れる直前、一歩下がって距離を置くと、どうした、というように目を見開いた彼に、何かを言わねば、という気持ちから口を開いていた。

「あの、マリクは僕のどこが好きなんですか？」

「どこ？」

僕の問いかけに、マリクはまたも不思議そうに目を見開いたが、すぐにその綺麗な目を細めて微笑むと、ごく当たり前のことを答えるような口調でこう告げたのだった。

「お前が私の花嫁だからだ」

「…………それは…………」

確か、マリクはなんとかいう占い師の予言で僕を砂漠に迎えに来たと言っていた、と思い出す。

ではもし、占い師の予言がなければ僕のことを好きにはならなかったということだろうか。

見つめる先、マリクが僕の心を読んだかのように言葉を続ける。

「勿論、サーリフの予言だけが理由ではないぞ。いくら予言があろうとも、相手がミズホでなければこんな気持ちにはならなかった」

「………マリク………」

ああ、よかった。安堵すると同時に、なんとも表現し得ない違和感がふと胸に芽生える。

「愛している、ミズホ。そなたのためなら私はなんでもしたいと思うぞ」

マリクがそう言いながら、再び顔を寄せてくる。

愛されている。言葉だけでなく、瞳の真摯《しんし》な光が彼の本気を伝えていて、嬉しい気持ちが胸の底から沸き起こってくる。

僕も、好きだ。目を閉じ、マリクの唇を受け止めようとしたそのとき――。

「お時間です」

かぱ、とカプセルの蓋が開き、眩しい光と共に受付の声が上から振ってきて、僕を現実の世界に呼び戻した。

「………ありがとうございました」

三十分と、ケチってしまったことが悔やまれる。が、なぜか心のどこかでほっとしている自分もいた。

カプセルを出て、支払いをするために受付へと向かう。と、カウベルの音が鳴り響き、一人の女性客が店に入ってきた。

「いらっしゃいませ」

「あの……空いてます？」

ちらと顔を見て、この間ここで見かけたのと同じ女性だと気づく。

「少々お待ちくださいませ。すぐご案内しますので」

受付が愛想良く答えるのにつられ、僕はまた、ちらと彼女の顔を見てしまった。

随分と思い詰めた表情をしている、と思いはしたが、あまりじろじろ見ては悪いと思い、支払いを済ませるとそそくさと僕は店を出た。

「ありがとうございました。またのご来店をお待ちしています」

受付の淡々とした声が背中に刺さる。

きっとまた、明日には来たくなるだろう。そしてコースは一時間のほうを選ぶに違いない。

マリクに愛の言葉を囁いてほしいから――。

『愛している、ミズホ。そなたのためなら私はなんでもしたいと思うぞ』

あの告白は、嬉しかった。思い出すと頬に笑いが込み上げてきたが、にやにやしながら歩くなんて我ながら気味が悪いぞ、と自重する。

駅への道を歩きながらふと、月は見えるかなと思い見上げた夜空は、ネオンの明かりのせいで星の一つも見えなかった。

砂漠で見た月も星も美しかったな、と思いを馳《は》せていた僕の頬には堪えたはずの笑みがまた浮かんでいて、それから少しの間僕は時間を忘れ、何も見えない都会の夜空を見上げ続けてしまったのだった。

翌日、出社すると愛姫先生からメールがきていた。宛て先は僕ではなく黒川だったが、CCに僕も入れてくれていたのだ。

送られてきたのは新作の原稿で、昨日送られてきたものの続きだった。

枚数は十ページ分くらいだったが、先生が乗って書いてらっしゃるのがわかった。熟読し、感想をまとめたあと、何か追加の資料が必要な場合はご指示いただけたらすぐご用意します、と書き足して、先生に返信した。

黒川はちょうど会議で席を外しており、喜びを共有できないことに僕は一抹《いちまつ》の寂しさを覚えた。黒川の感想も聞いてみたいと思ったのだが、その日一日、黒川は会議に次ぐ会議で多忙にしており話しかけるきっかけを摑《つか》むことはできなかった。

午後、愛姫先生から黒川宛てにメールが来た。プライベートジェットの機内の写真が手に入らないかというものだったので、ネットや書籍を探し、今、先生が書いている小説の主人公がいかにも所有していそうだなという、豪華な内装の写真を探せたので、それを早速届けることにした。

探すのに時間がかかったため、先生のお宅に到着したのは午後六時頃になってしまった。応対に出た佐野山は、前日よりは愛想がよく、

「お手数おかけしました」

と笑顔で礼を言ってくれたが、先生に取り次ぐことまではしてもらえなかった。

僕としては是非直接お会いし、今までのお詫びと新作について自分が感じていることを語りたかったのだが、先生が会いたくないと言っているものを無理にというわけにもいかない。

メールの宛て先に入れてくれるようになっただけでもありがたい。失ってしまった信用を取り戻すには時間がかかるに決まっているが、誠心誠意努めればきっとわかってもらえると信じて頑張ろう。

自身にそう言い聞かせつつ社に戻ったが、まだ黒川は離席中で、仕方なく僕はこうした資料を届けた、と黒川にメールをし、そのあと少し仕事をしてから社を出て家に戻った。

会社を出ると、マリクに会いたい気持ちが芽生えるのは、最早条件反射といってよかった。が、さすがに連日すぎて金銭的にどうかということもあったし、洗濯ものもたまっていたので今日はまっすぐ帰ることにしたものの、なんとも寂しい気持ちとなった。

マリクロス、ということだろうか、と思ったが、少し違う気がする。どちらかというと今日、黒川の顔を一度も見ていないことを物足りなく感じているんだよな、と考えていた僕は、自分の思考に愕然となり、駅へと向かっていた足が止まってしまったほどだった。

マリクロスではなく黒川ロス？　なぜ黒川に会えないことを物足りないと思うんだ？

「……それは……」

愛姫先生の原稿について、順調な進捗《しんちょく》であることを共に喜び合えないからだ。きっと。

それ以外、黒川と話したいことはないはずだし、と自身の胸に問うてみる。そのとき僕の頭に不意に、黒川の笑顔が浮かんだ。

『……今、気づいてよかったじゃないか』

僕の頭をぽん、と叩き優しく微笑んでくれた黒川――。

厳しい顔しか見たことのなかった僕にとって、あんなに優しく微笑んだ黒川の顔は実に新鮮だった。

いや、『新鮮』というだけじゃない。あのとき僕は本当に嬉しかった。黒川の話を聞けたことで至らない自分を反省し、やり甲斐《がい》をもって今の仕事にあたることができるようになった。

感謝してもしきれない。すべて黒川のおかげだ。尊敬できる上司に出会えた僕は本当に恵まれている。

そう、黒川に感じているのは『感謝』と『尊敬』で、それ以外のものではない。うん、と頷いたものの、なんだか自分が必死になって自身に言い聞かせているなと自覚せずにはいられない。

『嬉しかった』のは本当に、尊敬できる上司に出会えたからか？　もっと即物的な理由じゃないのか？

黒川が僕を思いやってくれたこと自体が、『嬉しかった』のでは？　彼の優しさに触れ、ときめいたんじゃないのか？

「……違う……と思う」

声に出して言ってみる。が、自分がちっとも『違う』とは思っていないことは、僕が一番よくわかっていた。

そうだ。僕は『嬉しかった』。そして『ときめいた』。黒川の優しさに。

なんてことだ。僕は黒川にときめいていたのだ。ときめくってなぜ？　嬉しいってなぜだ？

「好き……だから？」

答えはそれしかない。が、どうにも信じることができず、語尾が疑問形になってしまった。

僕が黒川を好き？　マリクじゃなくて？　マリクのことは『好き』と即答できたが、黒川に対してはそれができない。ということは好きじゃないんじゃないか？

そりゃ勿論、好きか嫌いか、で分けたら『好き』に入る。前は嫌い、というより厳しすぎて『怖い』と思っていたが、その厳しさの裏にある優しさに気づいてからは、怖いとはまったく思わなくなった。

表面しか見ていなかった自分が情けない、と落ち込んだ。黒川ほど仕事に対し真摯に打ち込んでいる人はいないんじゃないかと思う。

『帝王』というあだ名は、見た目の格好良さは勿論、中身の素晴らしさをも物語っていたのだ。本当に素敵だ。もっと彼の話を聞きたい。また、優しく微笑んでほしい——心の中でまたも黒川を賛美していたはずが、いつの間にかその彼にどうされたいのか、という思いになってしまっていたことにはっと気づき、僕はいたたまれない気持ちに陥った。

やっぱりこれはどう言い訳をしようとも『好き』ということだろう。しかも『尊敬』ではなく、『恋』だ。

なんてことだ。まさか上司である黒川に恋をする日が来るなんて。愕然としてしまってはいたが心のどこかでは納得している自分がいた。

ようやく答えを見つけたことに、安堵していた、といってもいい。ただ、恋したところでどうなる相手ではないということもまた、僕は考えるより前から察していた。

黒川は『ロマンスの帝王』のあだ名とは裏腹に、浮いた噂《うわさ》の一つもないのだった。黒川に憧れる女性は社内外、それこそ作家にも多くいるということだったが、黒川のほうが仕事一筋で相手にしていない、というのが社内でのもっぱらの噂だった。

どんな美人の誘いも笑顔で退けるという彼が、僕の想いに応《こた》えてくれるわけなどない。それどころか、恋してることが本人に知られたら、気味悪く思われ、避けられかねない。

この気持ちは封印しておくしかないよな、と心の中で呟《つぶや》き、頷いたものの、どうしても溜め息が漏れてしまった。

ああ、マリクに会いたいな——僕の脳裏にマリクの顔が浮かぶ。

黒川と同じ顔をしている彼は、僕のことが好きだと言った。キスしたい、ハグしたいと情熱的に語り、実際キスしたりハグしたり、それ以上のこともしそうになった。

黒川に対して報われない思いを、夢の中のマリクに癒してもらいたい。また今日も銀座に行こうかなと考えたものの、結局僕はタクシーには乗らず、自宅に戻るべく駅に向かって歩き始めた。

マリクを黒川の身代わりにするのはやはり気が引けた。マリクは実在の人物ではなく、夢の世界の人なのだから自分の好きにすればいいようなものだが、申し訳ない、という気持ちがどうしても先に立ってしまう。

黒川の前にも占い師が現れ、『お前の恋人は白石だ』とでも告げてくれればいいのに、などという、自分でも馬鹿じゃないかとしかいいようのないことを考えながら僕は、酷く寂しい気持ちを抱えつつその日は帰路についたのだった。

それから数日は、これといったこともなく、淡々と時間が過ぎていった。愛姫先生からも何も連絡はなかったが、今までも執筆中には特に音沙汰《おとさた》なく、仕上がったときにメールが来るくらいなので、きっと順調なのだろうと思いはしたが、念のため、と、ご本人ではなく佐野山に電話を入れ、様子を聞いてみたりした。

『大丈夫です、いつもどおりですよ』

佐野山は愛想よく答えてくれたあと、

『ああ、それから』

と僕にとっては嬉しい話も教えてくれた。

『先日のプライベートジェットの資料、先生、とても喜ばれていましたよ』

「そうですか。それはよかった！」

ありがとうございます、と思わず礼を言う声が弾む。また何かご要望がありましたらなんなりとお申し付けください、と言って電話を切ると僕は黒川に今の電話を報告しようと彼のデスクを見やった。

「………」

黒川は真剣な表情で何かを読んでいる。報告といっても、愛姫先生の進捗は順調だということだけしかないので、敢えて伝えるほどではないか、と思い直してしまったのは、自分が黒川に話しかけるきっかけを探しているだけじゃないかという自身の心理に気づいていたためだった。

よかったな、と微笑んでもらいたい。よくやった、と肩を叩いてもらいたい。そんな下心を見抜かれるのが怖くて、報告はメールでしよう、とメールを開く。

『ニュース！』

と、ちょうどそのタイミングで新着メールが来たのだが、発信を見ると同期の山田で、どうせまた合コンの誘いだろうに、何が『ニュース』だ、と呆れてしまいながらも一応そのメールを開いた僕は、そこに書かれている文章に驚いたあまり、その場で固まってしまったのだった。

『昨日は社内合コンで秘書部の子たちと飲んだんだが、そこで仕入れた大ニュース。黒川編集長、いよいよ結婚するらしいぞ。相手、誰だと思う？　愛姫沙央梨《さおり》先生だって！　おかげで愛姫先生、現在絶好調と役員の間では噂だそうだよ。白石、お前、知ってたか？　ロマンスの帝王がロマンス小説の女王と結婚って、できすぎだよな』

「…………………」

そんな——信じられない、と呆然としていた僕に、様子を訝《いぶか》ったらしい隣の席の三浦《みうら》が声をかけてくる。

「白石君、どうしたの？　顔色、悪いわよ？」

「あ、なんでもありません……」

はっと我に返り、首を横に振りはしたが、答えた声は自分でもどうしたのかと思うほどに震えてしまっていた。

「具合でも悪いの？　診療所、行ってきたら？」

親切な三浦がそう案じてくれるのに僕は「大丈夫です」と咳払いをしてから答えると、果たして山田の情報には信憑性《しんぴょうせい》があるのか、それを確かめたくなり、編集部内でもベテランの域に入る彼女に聞いてみることにした。黒川のデスクと僕のデスクは結構距離があるので、常にざわついているフロアでは小声で話せば彼に声は届かないと思ったのである。

「あの、三浦さん、黒川編集長が結婚するって本当なんでしょうか」

『え？　なにそれ』『聞いてないわよ？』

予想としては、彼女はそういうリアクションを取るのではと思っていたというのに、その予想に反し、三浦は「あー」と憂鬱そうな顔になり、頷いてみせた。

「噂になってるわよね。編集長が愛姫先生と婚約したって。先生が『黒川さんとパートナーになれて嬉しい』と吹聴してるっていう話だったけど、白石君、あなた、何か先生から聞いてないの？」

「聞いて……いません。何も……」

ふるふると首を横に振る僕に対し、三浦は「そう」と残念そうな顔になったものの、

「でも、ない話じゃないわよね」

と肩を竦《すく》めた。

「愛姫先生、編集長の五歳年上だっていうけど若く見えるしね。お似合いの二人だとは思うわよ。ロマンスの帝王とロマンス小説の女王のカップル、とか、言われてるんでしょ？」

「同期もそれ、言ってました」

返事をするのがやっとだった。三浦の声がどこか遠いところから聞こえてくる、そんな錯覚に襲われる。

「愛姫先生、このところ調子がいいっていうじゃない。それってやっぱり、結婚が決まったからじゃないかと、もっぱらの噂よ。先生、ウチの上層部にも随分前から黒川編集長と組みたいって直訴していたんですって。それだけご執心だった相手と結婚ともなれば、筆も進むわよね」

「………ですよね……」

愛姫先生が傑作になるに違いないというプロットを出してきたり、執筆中の原稿の出来が素晴らしいものだったりしたのには理由があったのだ。その『理由』にまったく気づかなかった自分が信じられない、と、ますます僕は愕然としてしまっていた。

確かに愛姫先生は黒川に、あなたとずっと組みたいと思っていた、と熱い視線を送っていた。その『熱い視線《ひ》』は『伝説の編集』と言われた黒川と仕事をしたいという希望だけでなく、異性として惹かれているという意味も含まれていたことに、なぜ僕は気づかなかったのだろう。

「そもそも、担当作家は持たないと決めていたはずの編集長が、今回愛姫先生を担当すると言い出したことからして、おかしいと思ったのよねえ。先生の機嫌を損ねたといっても、担当編集を替えろというのが先生の希望だったんだから、自分が替わらなくても誰か他の編集部員を新担当にすればよかったじゃない？　って、ごめんね、白石君。古傷抉《えぐ》るようなこと言って」

「いえ、事実ですので……」

実際、グサグサきていたが、気にしている素振りをするのも大人げないと笑顔を作る。だが、頬はぴくぴくと痙攣《けいれん》してしまっていた。が、それは三浦の今の言葉にむかついたからというよりは、黒川の婚約が与えたショックからまだ立ち直れていなかったためだった。

幸い、三浦は僕の顔にさほど注目していなかったようで、そのまま会話を続ける。

「個人的な思い入れもあったから、編集長が担当したのかもしれないわね」

「……そう……ですね……」

黒川がそんな、公私混同するタイプとは思えなかったが、言われてみれば何から何まで三浦の言うとおりだった。別に黒川が担当する必要などなかったし、愛姫先生が怒っていたのはウチの会社に対してではなく僕に対してだ。僕を担当から外して他の人を担当にすればよかった上に、編集部内の誰もが担当になりたがっただろうに、黒川はそれをしなかった。

そういうことだったのか——今や僕は呆然としすぎてしまっていて、何も考えられなくなっていた。

　そんなときに終業のチャイムが鳴ったものだから、僕はパソコンの電源を落とすとふらふらと立ち上がってしまっていた。

「お先に失礼します……」

「お疲れ。お大事にね」

　三浦は僕の体調が悪いと思っているようで、優しく声をかけてくれる。

「ありがとうございます」

　誤解されたままのほうが帰りやすい、と僕は彼女に頭を下げ、そのままエレベーターホールへと向かった。

　チャイムが鳴ったばかりの時間に、帰宅する人間はそういない。無人のエレベーターホールで僕は、ああ、と思わず深い溜め息を漏らしてしまっていた。

　黒川と愛姫先生が結婚することに、こうもショックを覚えている自分が信じられなかった。よく観察していたら気づいたことなのに、まるで自分が気づかなかったことがまたショックだ、と再度溜め息をついたときにエレベーターがやってきて、僕はそれに乗り込むと一階のボタンを押した。

　急速な下降に一瞬目眩を覚え目を閉じる。閉じた瞼《まぶた》の裏、黒川の笑顔が浮かんだため、僕は慌てて目を開き、表示灯を見やった。

浮かぶ数字が次第に滲《にじ》んでくる。

黒川が愛姫先生のために力を尽くしていたのは、愛姫先生を思ってのことだったのか。僕はてっきり、編集として、担当作家に寄り添っているのかと思っていたが、それだけではなかったのだ。そこに恋人を思う男の愛情があったと思い知らされた僕の胸はきりきりと痛み、自然と手でスーツの前を摑んでしまっていた。

泣くまい、と思っても涙が込み上げてくる。何を泣くことがあるんだ。いくら好きでも打ち明ける勇気すら持てなかったのだから、最初から失恋することは決まっていたはずだ。泣くなんて馬鹿みたいだ、と自身を叱咤しても、込み上げる涙を堪えることは難しかった。俯いた状態で社を出て、やってきた空車のタクシーに手を上げる。多くの人に泣き顔を見られるより、運転手一人に見られたほうがまだマシだと思ったためだが、行き先を告げる段になり、僕は思わずこう告げてしまっていた。

「銀座、お願いします」

マリクに会いたい——夢の中で彼に抱き締められたい。

僕への愛を囁いてほしい。優しくくちづけしてほしい。傷ついた僕の心を慰めてほしい。

今、僕の心を最も癒してくれるのはマリクだ。その思いから僕は、彼のもとを——否、夢の中で彼と会える場所を目指してしまったのだった。

銀座に到着すると、今日は店の近くでタクシーを降り、『open』の札がかかったドアを開いた。

「いらっしゃいませ」

少し久し振りになったというのに、受付の美男はまるでいつもと変わらぬ様子で僕を迎えてくれた。

「空いてますか？」

「はい、こちらへどうぞ」

にっこり、と受付が微笑み、僕をカプセルの部屋に案内する。僕は今、涙を堪えた酷い顔をしているだろうに、受付は相変わらず丁寧な、そして淡々とした口調で時間を問うてきた。

「今日はどちらのコースになさいますか？」

「コース……」

三十分と一時間、今日はもう、迷うことなく一時間を選ぶつもりだった。一時間どころか、永久に向こうの世界にいられるものならそうしたい。心の中でそう呟いたそのとき、受付がまたにっこりと笑い、頷いてみせた。

「可能ですよ」

「え」

僕は声に出して言ってしまっていたのだろうか。いや、それはないはずだが。動揺していた僕に向かい、微笑みながら受付が言葉を続ける。

「望めばかないます。そうされる方もよくいらっしゃいますよ」

「でも、その……」

向こうの世界に行きっぱなしとなると僕は、もしやこっちの世界——現実からは消えてしまうということになるのか。現実では眠ったままずっと目覚めずにいる、とか？

「それでは、よい夢を」

受付がにっこりと微笑み、カプセルの蓋を閉める。

「あの……っ」

まだ僕は返事をしていない。結局、何分のコースになったんだ、と戸惑っているうちにまた、眠気が襲ってきて、そのまま僕は目を閉じた。

現実に戻れなくなるのは困る、と一瞬思ったが、その『現実』は僕にとって、そんなに素敵な場所だろうか。

いっそマリクの世界に飛び込み、そこで一生を過ごしたほうが確実に幸せになれるような気もする——そんなことをぼんやり考えているうちに僕は、『夢』の世界に辿り着いたようだ。

「どうした？」

耳許でマリクの声がし、はっと我に返る。

「あ……」

そこは宮殿の回廊で、そういえば数日前、ここでマリクにキスをされそうになった瞬間、目が覚めたのだったということを思い出した。

マリクの優しい瞳がすぐ傍にある。同じ顔をしているから仕方がないのだけれど、どうしても僕は彼に黒川を重ねてしまい、切ないとしかいいようのない気持ちになった。

「どうした？　ミズホ。何を泣く？」

マリクが驚いた声を上げ、心配そうに僕の頬に手をやり顔を覗き込んでくる。

「マリク……僕のことが、好き？」

好きと言われたい。愛していると言われたい。この世の誰よりも、僕のことを好きだと言ってほしい。誰とも結婚などしないと宣言してほしい。

胸に溢れる思いがそのまま涙となり、僕の目に込み上げてくる。

「ああ、好きだ。愛している。私にはお前しかいない。ミズホ。私の花嫁になってもらえるか？」

マリクは僕の望んだとおりの言葉を口にしてくれ、そして望んだとおり、優しく抱き締めてくれた。

「本当に？」

「ああ、本当だ。ミズホがいれば何もいらない。王位も、家族も、何もかも。お前の愛だけが私が生きるのに必要なものだ」

情熱的な告白。そうも愛されていることへの喜びが、沸き起こってもよさそうなものなのに、なぜか僕の心は未だ、切なさに悲鳴を上げていた。

「どうした、ミズホ。なぜ哀しそうな顔をする？」

気づいたマリクもまた切なそうな顔になり、僕をじっと見つめてくる。

マリクは――僕のどこが好きなのだろう。それをまた聞きたくなり、彼に問いかける。

「マリクは僕の、どこが好きなの？」

予言者から言われた花嫁だから、というのが答えだった。がっかりしていたら、勿論僕でなければ嬉しくなかった、と言われはしたが、『どこ』という答えははっきりと答えてもらえなかった気がする。

「どこ？」

マリクが不思議そうに目を見開き、問いかけてくる。

「すべてだ」

直後に迷いもなく答えてくれたマリクの瞳は自信に溢れていて、彼の言葉に嘘など一つもないとはわかりはした。でもなぜか僕の心は未だ、満たされないままだった。

「どうして好きになってくれたの？」

好きになるのに理由なんていらない。僕自身、今までの恋愛で相手に『どうして好きになった』と聞かれたとしても困っただろう。

なんとなく惹かれた、というパターンが多かった。なのでマリクはまた『どうして？』と戸惑いの声を上げるものだとばかり思っていたのに、彼は相変わらず迷いのない瞳を真っ直ぐに僕へと向け、答えを与えてくれたのだった。

「お前が望んだからだ」

「……………」

僕が望んだから――それが理由だった。そうだ、ここは僕の夢の世界だ。僕が望んだとおりに何もかもが進む、そんな世界だ。

「お前は私の愛を欲した。だから私はお前を愛する。お前を愛しているから、お前の望みをかなえてやりたいのだ」

これもまた、僕の望んだ答えということだ。確かに僕はマリクに愛されたかった。僕の全てを、駄目なところもあればよいところも、すべてを愛してほしかった。

僕だけだと言ってほしかった。一生愛し続けると誓ってほしかった。他には誰も目に入らない、僕だけを愛していると情熱的に口説いてほしかった。

言葉でも態度でも、愛を知らしめてほしい。愛を僕に確信させてほしい。その願いを込め、マリクを見やる。

「愛しているとも。生涯かけてお前を愛すると誓う。だからミズホ、そなたも私を愛してくれ。お前の愛がほしい。私にはお前の愛が必要なのだ」

願ったとおり、熱烈な告白をしてくれたマリクが、僕の背に腕を回し、ぎゅっと抱き締めてくれる。

「マリク……」

嬉しい――はずなのに、少しも気持ちがときめかない。

「愛している、ミズホ……」

言いながらマリクが僕に顔を近づけてくる。情熱的なキスをかわせばいつものようにときめくだろうか。彼の腕に身を任せたくなるだろうか。

「愛している」

再度囁き、マリクが僕の唇を塞ごうとしたそのとき、堪らず僕は彼の胸を強く押しやってしまっていた。

眩しさに目を細めた次の瞬間、受付の少し驚いた声が頭の上から振ってくる。

「いかがされました？　まだ十五分ほどしか経っておりませんが」

「……あ……」

どうやら僕は自分でカプセルの蓋を内側から開いてしまったようだった。

「すみません……」

呆然としつつも起き上がり、カプセルから出ようとする。

「まだお時間がありますので、続いてご利用になれますが」

受付がそう言ってくれはしたが、僕は「もういいです」と答え支払いをしたいと申し出た。

「三十分の金額でいいでしょうか」

「いえ、本日は結構です。十五分しかお休みになられていらっしゃいませんので」

受付はにっこりと微笑みそう言うと、僕が出した五千円札を押し戻して寄越した。

「でも……」

「またのご利用をお待ちしております」

いつものように愛想のよい笑みで僕を送り出そうとする。

「あの」

本当に支払わなくてもいいのか、ということが気になりもした。が、今まで自分が見ていた『夢』がなんだったのか、その答えがほしくて僕は、受付に問いかけてみることにした。

「なんでしょう」

受付がいつもの端整な笑みを浮かべ、僕を見返す。

「カプセルが見せてくれる夢というのは、もしかして、僕の願望の世界なんですか？」

どういう仕組みでそんなものを『見る』ことができるのかはわからない。だが、きっとそういうことなんじゃないかという確信から問いかけた僕の前で、受付は、

「さあ」

と微笑んだまま首を傾げてみせた。

「私にはお客様がどのような『夢』をご覧になったのかがわかりませんのでなんとも……」

「ですよね。でも、願望を見ることができる機械かどうかということはわかりますよね？」

しつこく粘ると受付は少し困ったように笑い、

「どうでしょう」

とまたも首を傾げてみせた。

「あれは酵素カプセルで、お客様の疲れを癒す機械にすぎません。その中でお客様がどのような夢を見られるかまでは、機械の——我々の知るところにありませんので」

とぼけているのか、それともこれがいわゆる『当たり前』の反応なのか、受付は愛想の良さは失わないものの、きっぱりとそう言い切り、僕に頭を下げて寄越した。

「でも、あなた、確か以前に、あれは『夢』ではないとおっしゃったじゃないですか」

更に食い下がっても受付は、

「申し訳ありません、わかりかねます」

と頭を下げた後、逆に僕に問いかけてきた。

「失礼ながら、あなたはあのカプセルの中でご自分の『願望』をご覧になったのですか？」

「……多分……」

僕もまた首を傾げながら頷くと、受付は「そうですか」と微笑み、

「それでは、またのお越しをお待ちしております」

いつもの挨拶をして、僕に対し、丁寧に頭を下げたのだった。

これ以上、粘るのもどうかと思ったので、仕方なく店を出る。と、ポケットに入れた携帯が着信に震えた。画面を見ると会社の番号で、一体誰だ、と応対に出る。

「はい、白石です」

『白石か、今どこだ？　さっきからずっとかけていたんだが』

かけてきたのは——黒川だった。

「あ、あの……」

今、一番声を聞きたくない相手だった。少し機嫌も悪そうである。

この数日、彼に対しずっと話しかける機会を窺《うかが》ってはきたが、結婚話を知ってしまった今、黒川と会話をかわすのはどうにもつらかった。

まだ電話でよかった。対面しなければならなくなったら、きっと顔に出てしまうに違いない。声にだって出てしまいそうなのだから、と思いながら僕は電話を握り直し、軽く咳払いをしてから電話に向かい話し始めた。

「あの、なんでしょう？」

どこにいるという問いには答えず、用件を問う。と、それまでも充分、機嫌が悪そうだった黒川の怒声が電話越しに響いてきた。

『今、どこにいると聞いている。社の近くか？　なら戻って来い』

迫力ある黒川の声に、どき、と胸が高鳴る。ときめきではなく恐怖から鼓動を高鳴らせて

しまっていた僕に黒川は、

『戻って来い。いいな』

とだけ告げると電話を切ってしまった。

戻って来いって。これから黒川と顔を合わせなければいけないなんて。

しかしなんの用件だ？　さっきからずっとかけていたと言っていたが、そんなにも急ぐ件なのか？

今、僕の仕事は愛姫先生以外ない。ということは先生が何か言ってきたんだろうか。

言ってきたにしても、黒川が一人で解決はできないのか？　いずれは妻になる相手なのだし、怒っているとしても宥《なだ》めてくれればいいじゃないか。

自分が非常にやさぐれている自覚はあった。会社に戻りたくなんてない。今銀座にいるとは伝えなかったから、家の近くまで帰っていたことにして、気持ちの整理をつけてから出社することにしよう。

馬鹿げた反発だと思いはしたが、黒川に言われたとおり『すぐに』会社に戻ることはどうしてもできなくて、僕は銀座で夕食をとるべく、店を探してふらふらと歩き出したのだった。

11

銀座でラーメンを食べたあと、コーヒーショップで時間を潰《つぶ》し、結局僕が会社に戻ったのは、黒川から電話を貰《もら》ってから約二時間後の午後十時という遅い時間になってしまった。

なかなか気持ちの整理がつかなかったこともある。が、時間が経つに連れ、ますます行きにくくなってしまい、いっそこのまま帰宅してしまおうかというところまで思い詰めたのだったが、明日のことを思うとやはり今夜中には話を聞いたほうがいいと、勇気を奮い起こして僕は会社の前に立っていた。

酒でも飲んでくればよかった。気持ちが少しは楽になっただろうから。そんなことを考えながら僕は、嫌だなと後ろ向きになる自分の気持ちをなんとか抑え込み、エレベーターに乗り込んだ。

執務フロアの階のボタンを押す。今日は本当についていない。黒川の結婚を知らされた上に、その黒川に怒られるのだ。主に何を怒られるのかはわからないが、少なくとも戻るのが遅くなったことは怒られるだろう。

もう、泣きたい気分だ、と溜め息をついたときにエレベーターはフロアに到着し、我ながらのろのろした足取りで僕は、ロマンスノベルズの編集部に向かったのだった。

「あ……」

世間一般的には遅くはあるが、出版社としては充分早いといっていい時間だというのに、フロアはがらんとしていた。編集長の上にだけ蛍光灯が灯《とも》っている。

まさか誰もいないなんて、と思わず声を上げてしまった、その声を耳ざとく聞きつけた黒川が読んでいた書類から顔を上げ、僕を見やった。

「遅かったな」

「あの……みんなは……」

問うてから、謝るのが先か、と気づき、慌てて頭を下げる。

「申し訳ありません、もう家の近くまで戻ってしまっていたため、遅くなりました」

「なんだ、そうだったのか。てっきりまだ近所にいるのだとばかり思っていた。それは悪かったな」

黒川の怒りはどうやら収まっているらしく、言葉どおり、申し訳なさそうにそう言ってきたものだから、嘘をついていることへの負い目から僕は、

「いえ、全然大丈夫です」

と慌てて首を横に振った。

「今日は皆の引けがやたらと早かった。それぞれ飲み会だの家族サービスだのがあるらしい」

黒川が笑顔になり、先ほどの僕の問いに答えてくれる。

「そうだったんですか……」

重なるときには重なるんだな、と思っていた僕は、黒川が席を立ち、近づいてきたことにはっとし、僕から行ったほうが、と僕もまた彼へと向かっていった。

「あの、それで、何か……」

呼び戻された理由を問う。ひな壇にある黒川の席の上にしか蛍光灯が灯っていなかっため、今、二人がいるところは少し薄暗くなっていた。

蛍光灯の明かりを背にしているため黒川の顔にも影が差し、表情がよくわからない。

「朗報だ」

だが彼の声は弾んでいて、その顔に嬉しそうな笑みが浮かんでいることはぼんやりとわかった。

「朗報？」

なんだろう、と問いかけた僕の肩を黒川が両手でがしっと摑む。

どき。鼓動が跳ね上がり、頰に血が急速に上ってくるのがわかった。薄暗くて助かった。真っ赤な顔を見られずに済むから。そんなことを考えていた僕の肩を揺さぶるようにして、黒川が声を発する。

「喜べ。先ほど愛姫先生から電話があり、引き続きお前に担当してほしいとのことだ。今回のお前の頑張りを認めてくれたんだよ、先生は。よかったな、白石」

「え……」

本当に嬉しげに告げられたその言葉に、一瞬僕の胸に達成感が沸き起こった。が、黒川の口から愛姫先生の名を聞くことがつらくてたまらず、顔を上げることはできなかった。

「どうした？　喜べよ。お前の頑張りが功を奏したんだぞ。お前は自分自身で己の身に起こった問題を解決した。よくやったな、白石」

ぽんぽん、と黒川が僕の肩を叩き、その手を引く。

そうして自身のデスクに戻っていこうとするその背を見る僕の目には、涙が滲んできてしまっていた。

「どうせ……」

そんなこと、言うつもりはなかった。でも、あまりにも嬉しげに愛姫先生の名を告げる黒川の姿に傷ついてしまっていたこともあり、ひねくれていると思いながらも僕は思わず吐き捨ててしまっていた。

「どうせ、編集長が頼んでくださったんでしょう？　愛姫先生に……」

「なんだと？」

僕の言葉を聞き、ちょうど自分の席まで到達していた黒川が、訝しげな声を出しながら振り返った。

いてしまっていた。

「どうした、白石」

蛍光灯の下、黒川の表情からは、何も後ろ暗いところが感じられない。彼が嘘をついていなければそれが当然だというのに、そのときの僕は黒川が愛姫先生との結婚を隠そうとしているとしか考えられず、それゆえ彼がそんな表情を浮かべることを許せないという思いを抱いてしまっていた。

「聞きました。編集長が愛姫先生と結婚するって」

「なんだって？」

黒川が仰天した声を上げ、つかつかと僕のところに戻ってくる。

「何を言ってるんだ、白石」

呆れた、というような声を上げる黒川に対し、ますますやりきれない気持ちが募っていた僕は、言うつもりのなかったことを思う存分、ぶちまけてしまっていた。

「結婚するから……彼女のことが好きだから編集長は担当編集になったんでしょう？　愛姫先生も編集長が担当となったことを凄く喜んでいたけど、あれは編集長のことが好きだったからだったんですね。僕は……僕はまったく気づいていなかった。僕だけが何も知らずに、先生のために資料を集めたり感想を書いたり……本当に馬鹿みたいだ。馬鹿みたいです」

「おい、落ち着け、白石。『馬鹿みたい』とはなんだ。お前のやってきたことは『馬鹿みたい』どころか、担当編集としては充分すぎるほどよくやった、と言われることだ。それを『馬鹿』

と言うとはもしやお前、愛姫先生のことが好きだったのか？」

　まさか黒川の口からそんな言葉を聞くとは思っていなかった。自分の妻になる相手に懸想するなど、許せないとでも言いたいのか、それとも愛姫先生の愛を勝ち得たという勝利宣言のつもりか、と、またも卑屈としかいえないような思いに捕らわれてしまっていた僕の頭にカッと血が上った。

「違います！　僕が好きなのは編集長……っ」

　ここまで言ってしまってから、ようやく我に返り、はっとして口を閉ざす。

「……え？」

　黒川の表情はよく見えない。が、彼の声がこの上なく驚いているのがわかった。

「あの、違います。その……っ」

　どうしよう。今ならまだ誤魔化せるだろうか。冗談でした、と言うべきか。しかしなんでそんな冗談をこんなときに言うのかと怒られるに違いない。怒られても事実を知られるよりは全然いいか。よし、そうしよう。一瞬にして心を決めた僕が、

「じょ、冗談です……っ」

　と言いかけた、その声に被せるようにし、黒川の声が響いた。

「俺もだ。俺もお前が好きだ、白石」

「えっ」

「え？　冗談なのか？」

僕が上げた驚きの声と、黒川のやはり驚いた声が重なる。

「あの、いえ……っ」

「お前は冗談でも、俺は本気だ。俺が好きなのはお前だし、それに愛姫先生と結婚などしない。確かに彼女は来月結婚するが、相手は俺じゃない。K社の担当編集だ」

「え？　ええ？　それは本当ですか？」

今やもう、僕はパニック状態に陥ってしまっていた。黒川が僕を好き？　冗談ではなく本気で？　黒川と愛姫先生は結婚しない？　愛姫先生の結婚相手はライバル会社の担当編集？

何がなにやら——呆然としていた僕は黒川に両肩を摑まれ、はっと我に返った。

「……本当に冗談なのか？」

黒川が僕の瞳を真っ直ぐに見据え、問いかけてくる。薄闇の中、近く寄せられた彼の目はきらきらとそれは綺麗に輝いていて、僕は一瞬、答えることを忘れその瞳の光に見入ってしまっていた。

「冗談だとしたら、なぜそんなことを？」

黒川が更に僕に顔を近づけ、問いを重ねる。彼の目は真剣で、逸らせるのが怖いほどだった。怒っている、というよりは真実を見極めようとしているその瞳を前に、偽ることなどできるはずもない、と僕は首を横に振り、己の気持ちを打ち明けるべく口を開いた。

「冗談というのは……嘘です。うっかり自分の気持ちを口にしてしまって……編集長は愛姫先生と結婚するとばかり思っていたので、迷惑だろうと思い込んで、それで……」

「よかった。『自分の気持ち』というのはお前も俺が好きということだよな？」

喋っているうちになんだかわけがわからなくなり、言葉を探して黙り込んだ僕の肩を摑み直し、黒川が笑いかけてくる。

「……『も』って……本当に編集長も、僕を……？」

とても信じられない。どうして僕を？　至らないところばかり、欠点ばかりの僕のどこを好きになってくれたというのだろう。

黒川にも怒られてばかりだった。自分の『好き』になってもらえる部分も思いつかなければ、これまでの編集長の僕に対する態度からも僕を『好き』と思えるようなものが一つも思いつかない。

黒川こそ、冗談を言っているんじゃないのか。嘘だ、と言われたほうがまだ、信じられるのだけれど――そう思いながら見上げた先、黒川がまるで僕の考えていることがわかったかのように、少し顔を顰《しか》めた後、ぼそぼそと話し始めた。

「……確かに、お前には人一倍、厳しく接してきたから、今更『好き』と言われても戸惑う、という気持ちはわかる」

「……いえ、厳しくされたのは僕が本当に至らなかったからで……」

ここにきてようやく、仕事とは何かということを理解することができたが、それも黒川の厳しい指導のおかげだ。そう言い返そうとして初めて僕は、編集長の厳しさこそが僕への好意の表れだということに気づいたのだった。

「……あ……」

「……お前には前々から、部下に対する以上の好意は抱いていた」

僕が察したことがわかったのだろうか、照れでもしたのか、黒川が少しぶっきらぼうな口調となり、言葉を続ける。

「同時に、なかなか仕事の上で自身の殻を破れないでいることに、もどかしさも覚えていた。お前はもともとは頑張り屋だし、仕事に対する情熱も持ち合わせている上に、読者の好みや求めるものを探り当てるセンスもある。それだけにどうにかその殻を破ってほしくて、随分と厳しく当たってしまった。それに対し、お前は不貞腐《ふてくさ》れることもなく、全力で俺の指導に応えようと頑張ってくれた。結果、みるみるうちに成長し、度は失った愛姫先生の信頼をも取り戻すことができた。そんなお前がどれほど頼もしく思えたか。必死で頑張るお前の一生懸命な姿勢に、どれだけ惚れ直したことか」

熱っぽく、まさに情熱的に告げられる黒川の言葉はそのまま、彼が僕の『どこ』を、そして『どうして』好きになってくれたのかの答えだった。

嬉しすぎる――自分をそんな風に黒川が見ていてくれたなんて、全然気づいていなかった。

人より厳しくされていると思ったこともあるが、それが僕への愛情ゆえ、ということも、今初めて知った。

「僕は……そんな、立派な人間じゃないですが……」

黒川の思うほど、僕は頑張り屋でもないし、センスなんてあるかどうかはわからない。ただ、仕事への情熱は持ち続けたいとは思っている。それでもいいか、と僕は黒川を見上げた。

「……お前はお前だ。もし立派じゃないと思っているのなら、そういうところも含めて全部、お前のことが好きだ」

黒川が目を細めて微笑み、僕の肩に置いた手を背へと回してくる。広い胸に抱き寄せられ、頭がぼうっとしてしまいながらも、僕もまた、黒川のことが好きでたまらないということを伝えたくて、おずおずと手を上げ彼の背を抱き締め返した。

「白石……」

黒川が嬉しげに僕の名を呼び、より強く抱き締めてくれたあとに、少し身体を離し、頬に手を添えてくる。

ああ、キスされる——そのとき僕の頭にふと、マリクの顔が浮かんだ。

『ミズホ……』

愛しげに僕の名を呼び、そっと唇を合わせてくる。

違う、今、僕にキスしてくれようとしているのはマリクではなく黒川だ。僕が本当にキス

してほしいと願っていた――と、思わず閉じていた目を開けようとしたそのとき、黒川の唇が僕の唇に触れた。

「……っ」

次の瞬間、思わず息を呑んだのは黒川がまるで貪《むさぼ》るように僕の唇を塞いできたためだった。『夢』の世界でのマリクのキスとはまるで違う、獰猛《どうもう》としかいいようのない情熱的なくちづけに、頭がくらくらし、足下がよろける。

そんな僕の背を黒川はしっかりと抱き止めると、尚も激しく僕の唇を塞ぎ続けた。

黒川の舌が、まるでそれ自体意思を持った生き物のように僕の口内を侵しまくり、喉の奥に縮こまっていた僕の舌をみつけるときつく絡みついてくる。強く舌を吸われると痺《しび》れるような刺激が背筋を上り、なんだか堪らない気持ちになった。

きつく抱き締められているために黒川の下肢と僕の下肢がぴたりと重なっている。彼の雄が早くも熱く、硬くなっていることが服越しに伝わってくると、堪らない気持ちはますます増していった。

そうしている間にも、黒川の舌は僕の口内を舐《ねぶ》り、時に舌に絡みつき、と、食らいつくような勢いのキスが続いている。

息が苦しい――それになんだか、おかしな気分になってしまう。少し怖くなり、僕が顔を背けようとしても、黒川の唇はどこまでも僕の唇を追ってきて、そうも激しく求められることに、嬉しさと羞恥、それに僅《わず》かな恐怖が僕の胸の中でないまぜになっていった。

「……あ……っ」

黒川の手が僕の背を滑り、ぎゅっと尻《しり》を摑む。指先がそこに食い込むのに、どきり、と鼓動が高鳴り、思わず合わせた唇の間から小さな声が漏れてしまった。

「……なあ……」

黒川がようやく僕の唇を解放してくれ、少し顔を離すと、耳許に唇を寄せてくる。

「……会議室に行かないか？　ここではいつ、誰が入ってくるかわからないからな」

耳許で囁かれる低い声音《こわね》に、ぞくぞくとした刺激が背筋を上り、足が震えてくる。

「嫌じゃなければ、だが」

僕が答えずにいたからだろう、黒川がそう言い、少し顔を離して僕を見下ろす。

嫌なわけがない。でも言葉が出てこない。それで僕は、『嫌ではない』ことを伝えるため、激しく首を横に振った。

「よかった」

黒川がふっと笑い、僕に額を合わせてくる。わあ、と声を上げそうになるくらいのときめきに襲われ、何一つ言葉がでないでいたところ、いきなりその場で黒川に抱き上げられた。

「わ……っ」

思わぬ高さが恐怖を呼び、堪らず黒川にしがみつく。

「可愛いな」

黒川はなんだか浮かれているように感じた。普段の厳しい編集長の顔とのギャップに、ますます僕の胸の中でときめきが増していく。

黒川は一番近い会議室へと向かうと、僕を抱いたまま器用にドアを開き、電気のスイッチを入れた。八人掛けのテーブルの上にそっと僕の身体を下ろし、すぐさま覆い被さってくる。

「社内ですることじゃない……が、もう我慢ができない」

黒川の目が僕を真っ直ぐに見下ろしていた。彼が何を『我慢できない』かは、よくわかっている。

「……いいか？」

黒川に問われ、僕は彼の顔を見上げた。真摯な瞳。先ほどまで長いくちづけを交わしていたため、唾液《だえき》に濡れて光る唇。一筋の髪がはらり、と額に落ち、えもいわれぬ色気を醸し出している。

黒川に抱かれる——想像しただけで、いたたまれない気持ちになった。嫌だから、では勿論ない。嬉しすぎるのだ。今や僕の鼓動は高鳴りまくり、心臓が胸から飛び出してしまいそうになっていた。

いいに決まっている。彼の目を見つめたまま、こくり、と頷く。

「よかった」

それを見て黒川は嬉しそうに笑うと、身体を起こし、僕のネクタイの結び目に指を入れてきた。

しゅるり、とネクタイが解かれると、続いて黒川の指はワイシャツのボタンにかかり、一つ一つ外していく。

そうしてシャツの前がはだけると、続いて彼は僕のベルトを外し、まずスラックスを、続いて下着を下ろそうとした。

「あの……」

煌々《こうこう》と明かりの灯る中、一人裸に剝《む》かれる恥ずかしさに、僕は堪らず声を上げ、恥ずかしく思っていることを伝えようとした。

「見せてくれよ。お前の綺麗な身体を」

だが黒川にそんなことを言われてしまうと、電気を消してほしいとは頼みづらくなり、両脚を合わせ、せめて恥部を隠そうとした。

黒川がそんな僕を見て、くす、と笑ったあと、再び覆い被さってくる。

「ん……っ」

腰から上、テーブルの上に乗っていた僕の両脚の間に黒川は立つと、僕の胸に顔を埋《うず》めてきた。

「ん……っ」

乳首を舐られ、きつく吸われる。もう片方を指先で強く抓られたのに、全身を電流のような刺激が駆け抜け、堪らず声が漏れてしまった。

「…………」

黒川が僕の乳首を舐りながら目だけを上げ、ニッと笑いかけてくる。

「はずかしい……っ」

女の子でもないのに、胸を舐られて声を上げるなんて、本当に恥ずかしいと思っているにもかかわらず、その羞恥が快感を煽《あお》っているのもまた事実だった。黒川のざらりとした舌が乳首を舐り、彼の繊細な指先がもう片方の乳首を摘まむ。強く吸われ、時に軽く歯を立てられるその刺激と、強く抓り、また、軽く弾く彼の指先によって与えられる刺激に、いつの間にか僕の息はすっかり上がり、口からは我慢できない声が漏れ始めてしまっていた。

「や……っ……あ……っ……ん……っ」

鼓動が耳鳴りのように頭の中で響いているため、聴覚がいつもより落ちていたせいで、遠くで聞こえる悩ましいその声が自分の発しているものだという自覚を、僕は随分と長い間持てずにいた。

今や肌は熱し、全身から汗が吹き出している。頭が朦朧《もうろう》としてきてしまっているために、聴力だけでなく思考力もまた著しく落ちてしまっていたが、そんな僕でも自分の雄がすっかり勃ち上がってしまっていることにはさすがに気づいていた。

どうしよう。恥ずかしい。手で覆って隠そうとしたのにすぐに悟られ、乳首を弄っていた手が僕の手首を摑む。

「やだ……っ」

気づかれたことがまた恥ずかしく、その手を振り払うと僕は両手で顔を覆ってしまった。

「恥ずかしがることなどないのに」

頭の上で、くす、と笑う黒川の声がする。いつの間にか彼は身体を起こしていたのだな、とぼんやりした頭で考えていると、彼の両手が今度は僕の両脚に伸び、机の上まで持ち上げられた。

「や……っ」

机の上で、大股開きとしかいいようのない格好をとらされる恥ずかしさに、一度は外した両手でまた顔を覆う。

「だから、恥ずかしがることなどないというのに」

黒川はそう言ったかと思うと、片脚を離し、僕の雄を二、三度扱き上げてきた。

「だって……」

恥ずかしいものは恥ずかしい。こうして勃起した雄を一人晒《さら》しているこの状況が、恥ずかしくないはずがない。

先走りの液が先端から滴《したた》っているせいか、黒川が僕の雄を扱き上げる度に、くちゅ、くちゆ、と濡れた淫猥《いんわい》な音が僕の耳にも響いてくる。

もう、消えてしまいたい、と両手で顔を覆っていた僕だが、黒川の指先が後ろをなぞってきたのには、はっとし、顔から両手を退けてしまった。

「……焦りすぎたか」

僕が余程驚いた、或《ある》いは思い詰めた顔をしていたからか、黒川は苦笑すると指を雄へと戻し、扱き上げようとしてきた。

「あの……っ」

黒川が何を求めているのか、僕にははっきりとわかっていた。でも彼は僕を労り、今回はそれを諦めようとしている。

諦める必要なんてない。僕だって黒川と一つになりたい。それゆえ僕は、それまでとらわれていた羞恥を脱ぎ捨て、自身の希望を彼に伝えることにした。

「ん？」

黒川が手を止め、いきなり声を発した僕を見下ろしてくる。

「あの……僕、いいです。大丈夫です」

伝わるか、と思いながらも、さすがに『抱かれたい』と言うのは直接的すぎるかと思い、そう告げた僕を前に、黒川は一瞬、啞然《あぜん》とした顔になった。

物欲しげだと、呆れているのだろうかと思うと、恥ずかしくて死にそうになったが、実際

『ほしい』と思っているのだから、と羞恥から目を背け、再び彼に訴えかける。

「あの……大丈夫ですので。僕も望んでます。ですから……」

「白石……」

行為を続けてほしい、と続けようとした僕の声に、この上なく愛しげに僕の名を呼ぶ黒川の声が重なった。

「ありがとう。嬉しいよ」

黒川は微笑みそう言うと、雄を掴んでいた指を再び後ろへと向かわせてくれた。

つぷ。

指先が中に入ってくる。身体が強張《こわば》りそうになったが、深く息を吐き、なんとかリラックスしようと試みた。

「すぐ、よくしてやる」

黒川がそう言いながら、第二関節まで入れた指で、僕のそこを弄り始める。

「…………」

正直、あまり気持ちのいいものではなかった。自身でさえ触れたことのないところを触られているのだ。悪寒に襲われ身体が震えそうになっていたそのとき、黒川の指先が入口ちかくのコリッとした部分に触れた。

「……え……？」

ふわ、と身体が浮くような錯覚に見舞われ、戸惑いの声を上げる。

「ここだな」

黒川がどこかほっとした顔になりそう言うと、その部分ばかりを弄り始めた。

「ん……っ……んふ……っ」

どうしたことか、そのうちに下肢からじんわりと快感が這《は》い上ってくる。と、黒川は後ろを弄りながら、前も同時に扱いてきた。後ろに、前に間断なく与えられる刺激に、僕の息はまたもあっという間に上がり、気づいたときには僕はテーブルの上で膝《ひざ》を立てた状態で、激しく首を横に振り、過ぎるほどの快楽に見舞われ、淫らに腰をくねらせてしまっていた。

「やっ……あっ……あぁ……っ」

声は抑えきれないほどに高く、苦しいほどに息が上がっている。身体は火傷《やけど》しそうなほど熱く滾《たぎ》り、汗が全身から吹き出していた。

「あぁ……っ……もう……っ……もう……っ」

朦朧としていた頭で、ただただ喘《あえ》ぐ。もう限界だ。いってしまう。でも一人でいくのは寂しすぎる、と尚も激しく首を横に振ってしまっていたそのとき、前後から黒川の手が退いていった。

「……え……?」

何、と、いつしか閉じていた目をうっすらと開いた僕の目に、僕の両脚を抱え上げながら、いつの間に取り出したのか、逞しい雄の先端を僕の後ろに擦りつけている黒川の姿が飛び込んできた。

「あ……」

黒光りするその雄の立派さに、思わず僕の口から感嘆の声が漏れる。

「辛かったら、言えよ」

そんな僕を見下ろし、黒川は微笑みそう言うと、ずぶ、と彼の雄を僕のそこへとめり込ませてきた。

「……っ」

指とは比べものにならない質感に、堪らず身体が強張る。それでも不思議と苦痛はなかった。いよいよ黒川と一つになれるという喜びが、違和感や未知への恐怖に勝る。

それで僕は大きく息を吐き出し、できるだけ身体から力を抜こうとした。

僕の意図は黒川に通じたらしく、優しげに目を細めて微笑むと、ゆっくり、ゆっくりと腰を進めてきた。

マリクに求められたときにはあれだけ躊躇《ちゅうちょ》したのに、という思いがふと頭に浮かぶ。

黒川に「抱いてもいいか」と問われるより前に、自ら望んでいる、と主張してしまっていた。

求めてもらえたのが嬉しかった。同じく自分も彼を求めていて、それを嬉しいと感じてもらえることにこの上ない喜びを覚えた。

「あ………」

ようやく、二人の下肢がぴたりと重なる。とてつもない異物感には見舞われていたものの、黒川と一つになれたことが嬉しくて、思わず僕は顔を上げ彼を見上げてしまった。

「……大丈夫か？」

黒川もまた僕を真っ直ぐに見下ろしながら、心配そうに問いかけてくる。

「はい……っ」

答える声が上擦《うわず》る。黒川の眉間の縦皺に、何かを堪えている様子の少し苦しげな表情に、僕の中で急速に欲情が膨らんでいったせいだった。

「……動いてもいいか？」

黒川が堪えているのは、欲望のままに行動すれば僕に苦痛を与えかねないということだ。そう察していた僕が、迷いつつも告げてくれた彼の言葉に頷かないわけがなかった。

「平気です……っ」

苦痛はまるでない。黒川の雄が僕の奥まで挿《はい》っていると思うと、堪らない気持ちが込み上げてきた。

思うように動いてほしい。大丈夫だから。その思いを込め、大きく頷いた僕を見下ろし、黒川は一瞬何かを言いかけたが、やがてふっと笑うと僕に覆い被さってきて、チュ、と軽く

唇を押し当てるようなキスを落としてくれた。

不意打ちのキスに鼓動が高鳴り、僕の中でまた欲情が一段と膨らんでいく。

「つらかったら言えよ。いいな？」

黒川は先ほどと同じ言葉を告げると僕の両脚を抱え直し、ゆっくりと腰の律動を開始した。逞しい彼の雄が僕の内壁を擦り上げ、擦り下ろす。抜き差しされるたびに摩擦熱が生まれ、彼の雄を収めたそこが熱く滾り始めた。

「や……っ……あ……っ……」

その熱はあっという間に全身に回り、僕の鼓動を速めていく。

得たことのない感覚だった。僕が苦痛を覚えていないと見てわかったのだろう、突き上げのピッチが次第に上がり、やがて二人の下肢がぶつかり合うときに、空気を孕《はら》んだ高い音が響くほどの激しさになっていく。

「あっ……やぁ……っ……あっあっあっ」

奥深いところに黒川の雄が刺さり、内臓がせり上がるような錯覚に陥る。汗の吹き出す肌も、吐く息も、脳まで沸騰しているかのような熱に見舞われ、最早僕の意識は朦朧としてきてしまっていた。

いつしか僕の雄はぱんぱんに張り詰め、今にも爆発しそうになっている。こんな快感、得たことがなかった。僕の常識ではセックスのときに得られる快感は射精のときの一瞬だったが、黒川の力強い突き上げが延々と続くその間中、絶頂といっていいような快感もまた延々と続き、頭も身体もおかしくなりそうだ。

「もう……っ……あぁ……っ……もうっ……もう……っ」

いきたい。でもいけない。これ以上、絶頂感が長引くとそれこそ失神してしまうかもしれない。恐怖めいた感情に襲われ、気づかぬうちに首を激しく横に振ってしまっていた僕は、頭の上から降ってきた黒川の、

「悪い」

という声が聞こえていた状態ではあるものの、その意味を悟ることはなかった。

「……あ……っ」

黒川が抱えていた僕の片脚を離し、二人の間で爆発しそうになっていた雄を握り、一気に扱き上げてくれる。

「アーッ」

直接的な刺激を受け、僕はすぐさま達し、黒川の手の中に白濁した液を放ってしまった。

「……っ」

射精を受け、自身の後ろが自分でも驚くほど激しく収縮し、黒川の雄を締め上げる。その刺激で黒川もまた達したようで、僕の上で彼が低く声を漏らした直後に、後ろにずしりとした質感を覚えた。

僕の中でいってくれた——はあはあと息を乱しながらも、それが嬉しくて僕は、この気持ちを黒川に伝えたいと、なんとか声を発しようとした。

「……好きだ……」

だが黒川が愛しげに——本当に愛しげにそう告げ、僕の額に、頬に、ときに唇に、彼の唇を何度も何度も落としてくれるものだから、胸が詰まり、ただでさえ息苦しさから声を発せずにいたというのに、ますます喋れなくなってしまった。

「う……っ」

込み上げる涙と嗚咽《おえつ》を堪えることができずにいた僕を前に、黒川が彼らしくない、焦った様子で問いかけてくる。

「どうした？　どこか痛いのか？」

違う——激しく首を横に振ると僕は、嗚咽をなんとか飲み下し、己の想いを伝えるべく口を開いた。

「嬉しくて………」

言葉と同時に涙が溢れ、またも喋れなくなってしまった僕の目尻に唇を押し当てるようなキスをすると、黒川はひとこと、

「……可愛いことを言うなよ」

そう言い、流れる僕の涙を指先で拭ってくれた。

嬉しくても、涙が出るんだな。

嬉し泣きなんて体験、今までしたことがなかった。自分の好きな相手に想われることを、泣くほど嬉しいと思ったこともまたなかった気がする。

幸せすぎて、とても現実のこととは思えない。まだ僕は例のカプセルの中にいて、自分が望むとおりの『夢』を見ている、と言われたほうが余程真実味がある。

でも——。

これは紛《まが》うかたなき現実で、自分の思うとおりに相手の心を動かすことなどできない世界だ。今は『夢』若《も》しくは『奇跡』としか思えないが、好きな相手に——黒川に想ってもらうのに充分な価値のある人間になれるよう、努力し続けていかねば、と決意を新たに僕は彼を真っ直ぐに見上げ、自分の思いを口にする。

「頑張ります……編集長に相応《ふさわ》しい人間になれるよう……仕事でも、人間としても、絶対に成長してみせます」

「……俺もそんなに立派な人間じゃないけどな」

それを聞き、黒川は苦笑したものの、すぐに真面目な顔になると、

「俺も常にお前にとって指標であり続けられるよう、精進するよ」

と頷き、愛しくてたまらないというように僕に深く、深くくちづけてくれたのだった。

後日談

「それにしても不思議な話よね。その『酵素バー』には二度と辿《たど》り着くことができないだなんて」

頼まれた資料を届けた際、お茶でも飲んでいってちょうだい、と愛姫《あいき》先生の仕事場に通された僕の前で、先生が不可解だというように眉《まゆ》を顰《ひそ》め、前回来たときに出た話題をまた、持ち出してくる。

シークものの新作の執筆は順調で、今月中には脱稿しそうである。僕はようやく先生に許されたらしく、ひと月ほど前から仕事場に通してもらえるようになった。

最初のうちは緊張し、仕事の話以外できないでいたのだが、やがて雑談を交わせるまでに打ち解けることができるようになった。

何か最近、面白いことはなかったか、と問われたのに、そういえば、と僕は、銀座にあった『酵素バー』の話題を持ち出したのだったが、それは自分でも不思議としかいいようのない体験だったためだった。

黒川《くろかわ》と両想いだとわかってからは、酵素バーに行きたいと思うこともなくなり、足はすっかり遠のいていた。が、あるとき銀座で同期との飲み会があった帰り——因《ちな》みに合コンではない。黒川と付き合うようになってから僕は彼に操《みさお》を立て、合コンの誘いは悉《ことごと》く断り倒していた——そういえば『酵素バー』はこの近所だったと思い出し、酔っていたせいもあって訪れてみようとしたのだが、いくら探してもあの古びたビルを見つけることができなかったのだった。

気になり、翌日の夜、酔っていない状態で再び探してみたが、『酵素バー』に行き着くことはなかった。

そこで見た『夢』の内容まではさすがに話せなかったが、自分の願望を見ることができる酵素カプセルの話を僕が愛姫先生にしたのは、今執筆中の先生の小説に『サーリフ』という占い師が出てきたためだった。

話す際、夢は先生の書かれるシークものに随分と影響されていた、と告げたのはまったくの嘘ではなかったが、少々の世辞は入っていた。

愛姫先生は僕の話をことのほか面白がり、今日もまたこうして話題に出してきたというわけだった。

「不思議だわ。次の新作でその『酵素カプセル』の話、使わせてもらっちゃ駄目かしら」

冗談めかしてはいたが、愛姫先生の目を見ればそれが本気ということがわかり、僕は、勿《もち》論《ろん》、と彼女に向かい大きく頷《うなず》いてみせた。

「使っていただけるのなら嬉しいです。どうぞお使いください……とはいえ、K社での新作ではなくウチの新作で、お願いしますね」

「いやあねえ。当たり前じゃないの」

愛姫先生が少し照れた様子で笑い、僕を睨《にら》む真似をする。

「公私混同はしないわよ。いくら結婚したとはいえ。そのネタは白石《しらいし》さんのところで書かせてもらうから安心してちょうだい」

「ありがとうございます。楽しみにしています」

無事に信頼を取り戻すことができて本当によかった。これもすべて、黒川のおかげだ、と心の中で呟《つぶや》いた言葉が聞こえたわけではないだろうが、愛姫が興味津々、といった顔になり僕に問いを発してくる。

「ところで、白石さんが見た『夢』ってどんな夢だったの？　願望を見ることができたんでしょう？　世界は私のシークものだというし、予言者『サーリフ』も出てきたというけど、肝心の『願望』部分は聞いてなかったわよね。一体どういう夢だったのか、参考までに教えてほしいわ」

「それは……勘弁してください」

黒川そっくりのマリクに溺愛《できあい》される夢、と正直に告げることなどできるわけがない。誤魔化そうとした僕に愛姫が、尚《なお》も食い下がってくる。

「いいじゃないの。教えてよ。登場人物は？　ハンサムなシークは出てきた？　あ、もしかしてハーレムを体験したとか、そういうの？」

男のロマンよね、と笑う愛姫に、「まあそんなところです」と話を合わせ、僕も笑う。

「願望どおりの夢が見られるなんて、いいわよねえ」

愛姫先生が、冗談とは思えない口調でそう言い、心底羨《うらや》ましげに僕を見る。

実際、『願望どおり』の夢を見ているときには幸せを感じた。が、現実世界で願望がかなったときの嬉しさを一度でも知ってしまえば、『夢』の世界の魅力は急速に色褪《あ》せてしまうものである。

体験した僕だからこそ、そう断言できる、と心の中で呟きつつ、愛姫先生に相槌《あいづち》を打っていた僕の頭にはそのとき、この『現実』の世界で僕の願望を叶えてくれた人物の姿が——黒川の、僕を愛しげに見つめる優しい瞳が浮かんでいた。

あとがき

はじめまして&こんにちは。愁堂れなです。

この度は六十五冊目のルチル文庫となりました『ロマンスの帝王』をお手に取ってくださり、本当にどうもありがとうございました。

石田要先生の美麗な表紙イラストに、もしかして砂漠もの？　と思われた皆様、申し訳ありません。

『ロマンスの帝王』と評判の、やり手にして精悍な美丈夫の編集長と、『王子様』と揶揄される新人編集者の、ちょっと不思議な感じのラブストーリーとなっています。

とても楽しく書きましたので、皆様にも少しでも楽しんでいただけましたら、これほど嬉しいことはありません。

イラストをご担当くださいました石田先生、この度は本当にたくさんの幸せをありがとうございました。

編集長も編集長そっくりの砂漠の王、マリクも本当に素敵で！　瑞帆同様、くらくらきてしまっていました。その瑞帆もとても綺麗で可愛くて、どのイラストも本当に眼福でした。

お忙しい中、素晴らしいイラストを本当にありがとうございました。

また、今回も大変お世話になりました担当様をはじめ、本書発行に携わってくださいましたすべての皆様に、この場をお借り致しまして心より御礼申し上げます。

因みに愛姫先生の仕事ぶりも、そして瑞帆の編集者としての仕事ぶりも、まったくのフィクションです（笑）。

言うまでもなく『酵素バー』もフィクションで、モデルとなったお店もないのですが、あんな場所があったら是非体験してみたいなと思いながら書いていました。見たい夢が見られるとなると、皆様ならどんな夢を望まれますか？　私は……なんだか邪な妄想をしてしまいそうです（笑）。

お読みになられたご感想をお聞かせいただけると本当に嬉しいです。どうぞよろしくお願い申し上げます。

ルチル様からは八月に四六版のソフトカバーで花嫁シリーズのスピンオフ、『花嫁は真実の愛を夢見る』（イラスト：蓮川愛先生）を発行していただける予定となっています。

こちらもよろしかったらどうぞお手にとってみてくださいね。

また皆様にお目にかかれますことを、切にお祈りしています。

平成二十八年六月吉日

愁堂れな

（公式サイト『シャインズ』http://www.r-shuhdoh.com/）

✦初出　ロマンスの帝王……………書き下ろし

愁堂れな先生、石田要先生へのお便り、本作品に関するご意見、ご感想などは
〒151-0051 東京都渋谷区千駄ヶ谷 4-9-7
幻冬舎コミックス　ルチル文庫「ロマンスの帝王」係まで。

幻冬舎ルチル文庫

ロマンスの帝王

2016年7月20日　　第1刷発行

✦著者	愁堂れな　しゅうどう れな
✦発行人	石原正康
✦発行元	株式会社 幻冬舎コミックス 〒151-0051 東京都渋谷区千駄ヶ谷 4-9-7 電話 03(5411)6431 [編集]
✦発売元	株式会社 幻冬舎 〒151-0051 東京都渋谷区千駄ヶ谷 4-9-7 電話 03(5411)6222 [営業] 振替 00120-8-767643
✦印刷・製本所	中央精版印刷株式会社

✦検印廃止

ISBN978-4-344-83766-9　C0193　Printed in Japan

「幻冬舎ルチル文庫」

大好評発売中

発行●幻冬舎コミックス　発売●幻冬舎